천년의
시 0097

노
독
일
처

천년의시 0097

노독일처

1판 1쇄 펴낸날 2019년 4월 1일
지은이 정태춘
펴낸이 이재무
책임편집 박은정
편집디자인 민성돈, 장덕진
펴낸곳 (주)천년의시작
등록번호 제301-2012-033호
등록일자 2006년 1월 10일
주소 (03132) 서울시 종로구 삼일대로32길 36 운현신화타워 502호
전화 02-723-8668
팩스 02-723-8630
홈페이지 www.poempoem.com
이메일 poemsijak@hanmail.net

정태춘©, 2019, printed in Seoul, Korea

ISBN 978-89-6021-422-4
      978-89-6021-105-6 04810(세트)

값 9,000원

노
독
일
처

정 태 춘 시 집

천년의시작

시인의 말

30여 년… 노래를 만들었었다.
그리고
그걸 접었었다.
또,
가죽 바느질에 매달렸었다.
그러다 사진을 찍기도 했고
이 년여
시마詩魔에 붙잡혀서 시를 쓰게 되었었다.

그때, 시집을 냈다가 바로
절판시켰었다.
또 한 권 분량은 그냥 멀리 처박아 두고…
입을 닫고 싶었었다.

그런데
그 뒤에도 비실명 블로그로 내 이야기를 계속해 왔고
근래에는 '붓글'을 쓰고 있었다.
그러는 동안 세상은 갈팡질팡 잘도 굴러가고 있었고
나는 결코
입을 닫은 적이 없었던 것이다.

올해엔
콘서트며 앨범, 전시 등… 일시적이나마
다시 세상에 나오게 되었다. 하여
내친김에 오래전 시들도 다시 꺼내 놓아야겠다고
마음먹었다.

그때, 부글부글
다변으로 웅얼거리던 한 사내를
물끄러미 바라보며 그를 대신하여
자서를 쓴다.

2019. 3.

정태춘

차 례

시인의 말

너무나 조용해서 행복한

아주 오래된 나무 그늘 아래
지친 걸음 쉬어가는 나그네처럼
나도 내 생 어느 길목에서 그런 널찍한
나무 그늘을 만날 수만 있다면
아주 멀고 먼 옛날이야기에 흠뻑 취해 버린 아이처럼
나도 때때로 소낙비에 젖듯
너무나 조용해서 행복한
너의 노래 속으로
젖어 들어갈 수만 있다면

높은 절벽과 그 너머 바다와
그 위로 해와 달과 어우러지는 노을과
그 모든 걸 품고 떨리는
너의 노래 속으로

아주 기나긴 상념을 털어내고 벽을 향해 돌아눕는 한 시
인처럼
나도 가끔씩은 그렇게 깊고 허망한 잠을 청할 수만 있다면

짙은 안개와 그 너머 바람과

억새 흩날리는 길들을 따라
흘러
흘러만 가는 노래로

멀리
높은 강둑길로
삽 들고 제 논 나가는 농부처럼
나도 그렇게 무심하게
저들의 거리로 나설 수만 있다면
너의 조용한
조용한 노래를 부르며

너무 자주 유년 시절을 생각한다

사람들이 두런거리는 그 강가로
나는 언제나 돌아를 갈꺼나
새벽 안개 너머
푸른 느티나무 곁으로
흐르는 강물로 새 잎새 피우는
그 봄 나무 아래로

강물을 건너며
뱃전에 탁탁 털어내는
검은 구두 바닥의 황토처럼 때 묻어가며
강물에 쓸리어 가는 세월처럼 궁시렁거리며
나 멀리 왔구나
너무 멀리 왔구나

이제 거꾸로 흘러가는 강물을 따라
자꾸만 과거 속으로 빨려 들어가는구나
넘친 해일에 함께
빨려 나가듯이

가끔씩 기침도 하고
토하기도 하며
아직 살아있는 전생의 강
강 안개 너머엔 아무것도 없고
사람도 없고
역사도 없고

거기로 언제나 한번 가볼꺼나

내가 떠난 거냐, 네가 떠난 거냐

이 겨울 삭풍 자거들랑 고향에 오게
봄눈 녹은 진흙 길로 발 털며
김 오르는 두엄 더미 논에 쳐내고
과거지사 얘기하며 쏘주나 하지

못자리 모 쪄내기 전 내려나 오게
보리 베어 갈아엎고 물 대기 전에
둬 마지기 텃논 배미 늦모내기에
타작마당 막걸리로 요기나 하지

땡볕 더위 죽거들랑 내려나 오게
비탈밭에 김장 배추 씨 뿌리고
논 마지기 되는대로 타작해다가
햅쌀 찌어 맛나게도 먹어나 보지

대처 겨울 들기 전에 내려나 오게
축난 살림 되온다고 누가 뭐라나
초겨울 밤 아궁이에 불 질러 넣고
시루떡에 동치미로 참이나 하지

애들일랑 애들끼리
안식굴랑 안식구들끼리
앗다, 희희낙락
반가울 테지

황지우처럼

아, 시를 써야겠다
황지우처럼 시를 써야겠다
"저물면서 빛나"지 않고
그저 무너지는 바다
잿빛 바다
그의 전생과 엇비슷한 전생쯤에서 그가 아닌
내가 보았던
벼랑의 바다, 단애의 바다

수십 미터씩 꽝꽝 무너지는 개흙 더미 휘돌아
그걸 휩쓸고 흘러가는 갯물 바다의 풍경을
때론,
물살 점잖은 얕은 뚝 위로
말수 적은 사람들이 모여
투망질을 하는

먼바다 바라보다 다시
해 진 갯벌,
고원 같은 평지 갯벌을 달려
절 바라보고 있는
나무 창문 같은 것이 있는 집

마을로
달려오는 나를 바라본다

저 불연속으로 단절된 시점들을
미안하게 꿰어 맞추며
황지우처럼 시를 써야겠다
술에 취해서 또는,
깨어서
시를 써야겠다

남은 햇살마저 배 차게 먹어버린
갯벌 간척지를 지나
때론,
터덜터덜 돌아오는 나를
물끄러미 바라보며
나의 시를
써야겠다

나의 바다는 저물면서도 빛나지 않는다

1999. 5.

양양장 무쇠 낫
—권력 1. 무슨 얘기 할라고…

저걸 한번 써먹어야 할 건데
저놈의 걸 한번 써먹어야 할 건데

설악산에 다녀오다 양양 장날 소문 듣고
양양장 강변에다 차를 대고 들어가니
앗다, 난전에 철물점을 벌였구나
대장간 쇠붙이들이 여기 다 모였구나, 신난다

질척한 황토 위에다 누우런 푸대 종이
널찍이 널찍이 깔아놓고
도끼날, 쇠스랑, 쟁기보습에 까뀌요
꼭괭이 날에 가래 날 호미 날에 대패 날
망치, 장도리, 식칼에다 모루에 모루채
씨커먼 무쇠 조선낫에 왜낫에 양놈의 낫

––– 아하, 조놈들 가져다 숫돌에다 그저 벅벅 갈아
날만 그저 잘 세우면, 시퍼렇게 그저 잘 세우면
광문 앞에다 걸어놓고 보기만 해도 좋겠다 –––

추레한 시골 할머니 무쇠 낫을 매만지며

마음에 썩 들지마는 좋다 소린 그여 안 하고
"얼마래요?"
"만 원이래요."
"아이구 비싸라, 오천 원하면 안 되나…"

그 낫들 참 잘생겼다 쥔하고는 딴판일세
이놈 한번 쥐어보고, 저놈 한번 쓸어보고
"할머니, 자꾸 만지지 마시래요, 녹슬어요."
깜짝 놀란 할머니 기운 없이 일어서서
뒷짐 지고 돌아서며 혼잣말로
"도적놈"

그중 시커먼 무쇠 낫,
아직도 대장간 냄새 풀풀 나는
불내, 쇳내 그저 나는
풍구질, 모루질 소리 아직 들릴 듯한
펄펄한 무쇠 낫 하나 골라놓고
낫자루도 장꾼이 권하는 매끈한 놈 말고
그저 울퉁불퉁 야무진
참나무 박은 놈으로 하나 골라놓고

19

묵직한 도끼날,
세상 못된 거 퍽퍽 찍어낼 만한 놈으로 골라
잘생긴 놈으로 골라
부르는 대로 돈 쥐어주고 사 온
저것들
저것들을 한번 써먹어야 할 건데

우선 무쇠 낫을랑
거친 숫돌, 고운 숫돌 차례대로 벅벅 갈아
국유림 잡목 숲에 허리 구부리고 들어가
그중 삐딱허니 풍상 오래 견딘 놈을 골라내어
썩지 않은 굵은 가지 낫으루다 후려쳐 베어다가
도낏자루로 박아 넣고
아, 도끼 들고, 도끼 들고…
(어쩔 건데?)

저놈들을 한번 써먹어야 할 건데
들로 갈꺼나, 산으로 갈꺼나
아니, 도회지
썩은 도회지

저놈들을 그저 한번 보란 듯이
들고나 나가 볼 거인데…

무궁화 꽃이 피었습디다
—권력 2. 아, 무궁화…

무궁화 꽃이 피었습디다
미국 LA 할렘가 뒷골목에도

일본 나리따 공항 가는
고속도로 갓길에도
분홍색 무궁화,
흰색 무궁화
더러더러 젊은 왜송들 사이로
무궁화가
그렇게
피어있습디다

또,
하와이에도
그렇다 하고요

거긴
지천이래요

2002.

비닐하우스
—권력 3. 음모?

전망 좋은 우리 집 마루창 앞에 서면
멀리 남한산성이 있는 산등성이와
그 아래로 꽤 널찍한 들판이 보이지
또, 자동차들 달리는
운전연수 차들 엉금거리는 큰길도 있고
또, 한강으로 흘러가는 물도랑 성내천
기다란 비닐하우스들
논엔 일하는 중년 남녀들
모두 모두 보이지

밤이면 자동차 불빛, 가로등 불빛 말고는
대충 생략된 채
비닐하우스
한쪽 끝만이 불빛 훤한
논바닥에 길게 누운
아주 긴 비닐하우스가 보이지
아주 가까이 보이지
소리라고는 자동차 소음만이 들리는

그들의 생략된 소리와

큰 몸짓들
구부정하게 그림자로 비치지

비닐하우스엔 벌써 초저녁부터 불이 켜져 있었어
우리 아파트는 거기서 큰길 하나 건너 바로 앞에 있지
생각해 봐
24층 아파트와
바로 그 발밑 논바닥에 길게 누운 비닐하우스
50미터쯤은 될 성싶은 꽤 큰 하우스
그 안에 무얼 심는지 우리 아파트 사람들은 별로 관심이 없지
또, 저렇게 밤이면 하우스 한쪽 끝에 불빛이 훤한 것도 잘 몰라
그뿐인가
거기 사람의 기척이 있다는 것도,
분명 몇몇 사내가
낮게 걸린 백열등 불빛 아래로 모여 앉아
윗몸을 끄덕거리며 이야기들 하고 있다는 것도

난 그 아파트 12층에 살지
마루 끝 창가에 다가서면
현관 앞의 주차장,

거기 늘어선 승용차들이 장난감처럼 보이는
현기증 나는 높이에서
난
밤 열두 시도 훨씬 넘어
어둠으로 가려진 들판과
거기 유일하게 잠 안 들고
황금빛 누에처럼 누워있는
비닐하우스를 내려다보지
두런거리는 말소리조차 들릴 듯한
사내들의 몸짓들이 아주 선명하게
그 비닐하우스 둥근 벽에
구부정하게 휘어져서
참 거대하게 다가오는 거야

순간
내 발밑, 주차장을 바라보다
현기증 또는,
아, 이 마루 끝이 무너지는 것은 아닐까
이 통유리 창이 떨어지며 나도 따라 떨어질 수도 있지 않을까
오싹한 현기증

얼른 뒷걸음질을 치지
불안한 놈
그러나, 다시 그 들판의 비닐하우스
거긴 그저 거대한 사내들의 느릿한 몸동작들이
그림자놀이처럼 살아있고
두런거리는 말소리, 껄껄거리는 웃음소리조차
들릴 듯한
어두운 들 가운데의
당당한 사내들
그 비닐하우스가 있지
우리 아파트 앞에

참 든든하지

앗싸, 좋다
―권력 4. 이렇게밖에 놀 수 없는 어떤 국민들

경부고속도로 죽암휴게소
사람들은 그저 버글대고
커피 자판기 앞에 일단의 촌 관광객들
봄바람은 설렁설렁, 가슴은 벌렁벌렁
앗싸 앗싸 앗싸 앗싸
앗싸 좋다 꿍닥 꿍다
자판기 앞에서도 그저
끄떡 끄떡 앗싸 좋아
관광하고 차도 타고 술도 먹고 춤도 추니
이 아니 좋을쏘냐
커피도 한 잔씩 때려라
앗싸 좋다
앗싸 좋아, 지미럴
누가 뭐랄쏘냐
민주주의 국가에서

그리고,
차가 출발하면
놀기도 고단한 몇몇은 잠이 들고
또, 몇몇은 여전히

통로에서 춤을 춘다
앗싸 앗싸 앗싸 앗싸

그러다가들 적잖이 죽었다

강요배, 《동백꽃 지다》
—권력 5. 핏빛의…

그 섬에 통곡 같은 바람 불고
오름마다 억새 떨며 바다로 바다
그 섬에 눈물처럼 비 내리고
검붉은 땅 씻겨지지 않는 세월로 오늘
부서지는가 파도
왔싸 소리보다 통절하게
떨어지는가 동백
왔싸
봉화 뜨네

동백꽃 지다

동백꽃이 떨어지네 동백꽃이 떨어지네
해는 뉘엿 넘어가도 산은 아직 훤한데
저 마지막 총소리에 동백꽃이 떨어지네
오름 너머 중산간에 봉화 이제 오르잖고
빨치산의 붉은 피가 흰 눈밭을 적시네
동백꽃이 떨어지네 동백꽃이 떨어지네
동백꽃이 뚝 떨어져 한라 온 산을 덮네

뻘밭에서

배가 쉬는구나
뻘밭 너머 파도야 아랑곳없이
여기는 배가
뻘 위에 기웃이 누워 그저
쉬고 있구나

몸뻬 입은 두어 아낙들이
멀리
그물 말뚝 아래 갯지렁이를 캐며
해제된 폭풍주의보
늦게 오는 바람을 맞고
여기 바다
물이 차면
숭어, 짱뚱어 함께 헤엄치는
팔팔한 바다
그러나, 지금은 개흙 벌판
흙으로 쉬는구나

해송 숲
나른한 뻐꾸기가 이따금 울고

내 발목 아래 작은 나문재들이
갯바람에 흔들리는데
나문재 사이로는 참하게도 맑은 시내가
졸졸 흐르는구나
태곳적부터 여태
조금씩 무너져 온 산
작은 돌조각들 사이로
늦은 썰물처럼 산물이 흐르고
싱싱한 고동들이
그 맑은 물에 몸들을 씻는구나

바다가 쉬는구나
보라 꽃술 다북한 오동나무 몇 그루
산에서 내려다보고
선착장도 없는 포구 아래
조그만
물 고인 조그만 웅덩이 햇살 받으며
먼바다처럼 물결을 제법 찰랑대는데
지금은
여기 바다

그 간지럽게 까불대는 잔물결 소리 들으며
숨소리도 없이
잠시 쉬는구나
밀물 때를 기다리며
또는,
다시 황해 폭풍을 기다리며
여기 잠시
바다가 쉬는구나

1999. 5.

거대한 손
—권력 6. 더 큰 거

거대한 손이 보인다
도쿄 신공항 활주로에
N.W., United 항공, JAL,
여객기, 화물기, 전세기…
거대한 건물들, 개미 같은 인간들
그 위로

출국장
소형 가전 가게 앞에선 일본 삐끼가 로보트처럼 소릴 지르고,
호객을 하고
누가 그들을 고용하는가?

사각 초밥을 기계로 찍어낸다
공항 대합실
제복 입은 자들이 활보한다
모두 검색당한다 검색당한다
허가된 지역에서 몇몇 사람들이 담배를 피우고
벽에 더러 인간의 그림들이 걸려 있다
활주로 너머 하늘

아, 구름도 거대한 손에 의해
움직인다

세관 검사, 검색당하면서 긴장한다
라이타를 빼앗긴다
아, 변방 언어로 얘기하지 말고 영어로 해라
마지막 검색을 당한 뒤 작은 가방 하나씩 들고
거대한 손의 다음 지시를 기다리는 동안
제복 입은 자들이 또 지나간다
기계적으로 배치된 대기석 의자들을 보라
기다리는 시간도 저들은 조직한다
식당 종업원들은 연신 하이 하이 하고
사람들은 마른 소바를 겨자 물에 적셔
후룩후룩 빨아들인다

KAL 매니저가
"이젠 담배를 끊으셔야죠"라고
그의 모국어로 존댓말을 한다
감격한다
딸은 손톱을 연신 물어뜯고

거대한 켈트족 부부가 지나가고
기모노 인형 앞에선 중국인들이 기념품을 들고
기념촬영을 하고

수많은 가방 가방
정종을 사고 싶다
샘성 캐리어
전자 전광판에 모든 이동의 신호가 뜨고, 로손
좁아터진 입구로 사람들이 들어간다
누구든 그가 선택한 물건을 기계에 등록하고
돈을 내야 한다
거대한 손이 돈을 받는다
그 손에서 나온 돈이 일정한 마진과 함께
다시 그에게로 돌아간다
하다못해
중국 찐빵 하나도 그들은 계산에서 빼는 법이 없다
검은 머리 갈색 염색하고
찢어진 청바지를 입은 청년이 계산대에 오면
제복 입은 자들이
그가 무엇을 선택했는지 또 등록한다

그는 이미 이 공간에 들어올 때부터
영상으로 등록되어 있다
언제든지 리서치될 수 있다
물론, 찢어진 청바지도
거대한 손의 작품이다

저기 도쿄 교통망을 보라
이것이 어디 인간이 만든 것인가?
도쿄,
그 과잉 생산과 과잉 소비, 과잉 광고의 홍수에
질려버렸다
거대한 손이 조직하는 노동과
그 노동자들의 맹목적 소비와
그 과잉 생산을 위한 자원의 범죄적 낭비와
그 쓰레기 더미 속의 도시와…
이건 꿈이다 현실이 아니다
하지만, 거기도 한 예에 불과할 뿐이다
세상은 이미 이런 무한정의 생산, 소비를 위해 존재하고
인간은 그 도구에 불과하고
이를 통해 얻어지는 잉여가치는

모두 한곳으로 모이게 돼있다
저 거대한 손
그건 자기통제력이 없고, 무한정 확장할 뿐이다
저 피곤하고 복잡한 교통망, 전산망도 모두
그것을 위한 수단일 뿐이다
현대사회는 지구 자원을 쓰레기로 바꾸는 공장이고
모든 사회조직은 그 생산 라인이고
인간들은 그 라인의 각종 부품들에 지나지 않는다
각 라인의 생산성을 높여라
각 부품의 경쟁력을 높여라
라인과 라인, 부품과 부품 간의 치열한 경쟁 속에서도
살아남아야 한다
휴식도 휴식이 아니다,
여행도 여행이 아니다
그것을 허용할 저들이 아니다

불가리, 랑콤, 샤넬
거대한 손은 때로 면세점을 열기도 한다
경상도 사내가 듀티프리에서
봉투 다섯 개를 들고 나온다

신공항 토이레 벽면
타이루와 타이루 사이
흰 세멘이 아주 빈틈없이
옹골차게 채워져 있다
일본 노동자들의 손끝이 야무지다
거대한 손은 그걸 좋아한다
퍼스트 클라스, 비즈니스 클라스, 이코노믹 클라스
따로따로 줄을 서라고
화장실에까지 방송한다

푸른 하늘 위로 한 점보 여객기가
긴 활주로를 내달려 그 묵중한 동체를
띄우고 있다
그 위에서 또 그놈이
아주 정밀한 레이다로
저 인간들 하나
하나를 또
끝까지
추적할

것이다

2002.

나는 칼을 좋아해
—권력 7. 별난 취미? 어쨌든

전기 드릴 폭풍처럼 훑고 지나간 칼몸이
이 땅, 황야 같구나 조선칼아
무에 그리 시퍼런 칼날로 맞서려는 게냐
미련퉁이 같은 조선칼아
2001. 6. 6.

거창, 장날
불길 식은 대장간 앞
난전에서

은재호 씨,
—권력 8. 절대 인간

2주간의 긴 여행을 마치고
시건방지게 "조국의 품으로"라며
늦장마 줄기찬 빗속의 서울 땅을 밟은 지 4일,
7시간의 시차와 여독 그리고,
장마 뒤끝의 폭염과 열대야에 시달리며
"조국"의 하늘 아래에서 자다 깨다, 자다 깨다
몽롱히 보내다
오래 비워 두었던 문정동 작업실엘 나갔다오

에어컨도 없이 푹푹 찌는 작업실
고개 돌리는 거 고장 난 선풍기를 쎄게 틀고
파리에서 재호 씨가 건네준
체 게바라 소책자를 읽으며
그의 추모 음반을 다 들었다오

투박한 남자 가수들의 슬픈 노래, 격정적인 노래들
그 뒤에 실린 한 여가수의 노래가 이채롭다 싶었는데
아니, 그리스의 마리아 파란투리 노래라니…
근데,
그 비장미 가득한 목소리의 여자가

체 게바라 추모곡이라니…
게다가 라틴풍의 반주에…
그리스 인민의 비극성으로 체의 혁명 정신을 추모하고 있어
놀랍고도 반가웠다오

"그래서 그는 그와 그의 혁명군 그리고, 인민들이 함께 이룬
혁명의 땅 쿠바를 떠날 수밖에 없었다"는 단락까지 읽고
집으로 돌아와야 했다오

만약 그 대신 피델이 아프리카로 떠나고
그가 그 땅의 절대 권력자가 됐었다면 쿠바 인민들이
보다 일찍 완성될 수 없는 혁명의 좌절감에 빠졌을 수도
있었겠지만
그가 티토와 소련에 대해 참지 못하고 내뱉었던 비판들과
그 바탕의 순수한 혁명 열정은 어찌 그리 아름다운가요?
무덥고 침침한 작업실에서
다시 한 불온서적을 보듯이 흥분하며
그의 영혼을 사랑했다오
위대한 영혼의 인간은
타인의 삶에 가슴 뛰는 영감을 훨훨 불어넣어 주는 사람

이란 걸
　다시 한 번 깨달으며
　사무실 문을 잠그고
　차를 몰고 큰길로 나왔다오

　작은 들판 너머 "조국"의 서편 하늘 위론 어울리지 않게
　투명하고 붉은 낙조가
　조각조각 열 지어 선
　엷은 구름의 대열에 선혈 같은 물을 들이고 있고,
　나는 에어컨도 켜지 않은 채 차창을 활짝 열고
　썬그라스도 쓰지 않은 채
　8월의 한 저녁
　열풍 휘몰아치는 송파대로 아스팔트 위를 질주했다오
　이것도 괜찮네 하며

　아파트 단지 들어가는 사거리
　직진 방향 야산 위로
　이미 도시에서는 져버린 붉은 햇살을 아직도
　넉넉하게 받아
　그쪽 하늘에 훤히 반사하고 있는

거대한 구름 산을 보았다오

다른 날처럼 나는 지하 주차장으로
기어 들어가지 않고
서늘한 공기 밀어내듯이 밀고 들어가
제일 구석진 내 자리에
주차를 했다오
결코 주춤거리며 후진하지도 않고
여러 바퀴 핸들을 돌리는 내 팔뚝에서
아주 오랜만에
묵직한 힘을 느끼며…

나는 집으로 돌아왔다오

내일
당신이 번역하고, 내개 건네준
그 책 후반부를 마저 읽을 것이며
함께 준 체의 추모 CD도 다시 한 번 들을 게요

그러자면, 오늘 밤새

나도 함께
그의 젊은 죽음을 준비해야 할 게요
위대한 영혼의
아름다운 죽음을
혼자 준비해야 할 게요

재호 씨,
거기서 "조국"은 멀다오
그러나,
뜨거운 영감은 절대 인간의 "조국"을 가리지 않고요

책 고맙소. 잘 지내시오
부인께도 감사 인사를…

2001. 8. 4.

노독일처 老獨一處
―권력 9. 피안 착각

노독일처라고
그 말이 무슨 말인지 들어봤어?
나도 아직 모르겠지만 어쨌든
우리 사무실 동네에 있는 쭝국집 이름인데
늘 그냥 지나다니기만 하다가
오늘 처음
짜장으로 점심 한 끼 때우려고
찻길 옆 유리문을 열고 들어갔지

키 작고 뚱뚱한 아주머니가 혼자 있고
한 남자가 짬뽕을 먹고 있더군
짜장 하나를 시켰지
그랬더니 놀랍게도
쭝국말로 누군가를 부르는 거야
남편인 듯한 남자가 나오고
자기들끼리 몇 마디 또 쭝국말로 얘기하더니
남자가 주방에 들어가
국수 반죽 덩어리를 집어 들고
밀가루 풀풀 뿌려가며 두 팔을 휘둘러 국수를 뽑더라고
근데,

그 얘기를 할려고 하는 게 아니고
그 집 벽에 붙어있는 커다란
중화인민공화국 지도 얘긴데
난 중국만 그렇게 크게 나오고
각 성별로 색깔을 다르게 해서
만든 지도는 거기서 처음 봤다니까

우리 한반도는 거대한 대륙 동북쪽
끝에 매달려 있는 작은 혹에 불과하고
그조차 남은 한국이요. 북은 조선이요…

또, 이 이야길 하자는 것도 아니지
그 거대한 대륙에서 발견한
자치구 얘길 하고 싶은 거야
북쪽에 내몽고자치구,
남쪽엔 무슨 장족자치구가 있고
또 한두 개 자치구가 더 있는 것 같던데
얼마나 멀었으면
북경 정부가 직접 통치하지 못하고
자치구라 할까

거기 가서 살았으면 싶더라는 거야
아래쪽 월남에 붙어있는 장족자치구도 좋고,
북쪽의 내몽고자치구도 좋고
설마 그 자치구 오지 깊숙이까지
중앙정부의 통제력이 미치지는 못하겠지 싶어서 말야

이 야만의 문명, 숨 막히는 현대사회
모든 체제 조직으로부터 탈출해서
전혀 다르게 살아보고 싶은 거거든

거기서 내가
어느 나라 국기에도 경례하지 않고
어느 나라 국가를 따라 부르지도 않고
그래도 누구 하나 손가락질하지 않고

우린 여기서 너무 잘못 살고 있어
세상은 잘못 가고 있어
인간을 지배하는 인간의 힘이
이렇게 강력했던 적은 없어
물샐틈없는 사회 조직과

획일적인 이데올로기에 숨이 막힐 것만 같아

거기 어디쯤
국가란 것도 없고, 정부란 것도 없고, 자본이나 그 하수인,
인간의 대표란 것들도 없는
그런
사람 세상이 있을 수 있지 않겠어?
권력이 사람들을 국민이라 부르며
택도 없는 애국심과
개인들의 희생만을 요구하는
더 이상의 폭력도 없는
그런…

또, 이런 말 한다고
미쳤냐고 힐끗거릴 사람들도 없는
그런, 거기 어딘가로 가서 살고 싶더라는 거야
그리 길지 않을 내 나머지 삶을
그런데 어디서
이런 불온한 발언도 할 필요 없이
그저 조용하게

거기가 어디면 어때
장족자치구든 내몽고자치구든
아니면, 길림성 북쪽의 흑룡강성
어디 오지 속이든

여기 한반도는 너무 좁아
쟤네들이 이미 완전히 먹어버렸어
시골 구석 어느 한군데
도망가거나 숨어버릴 곳이
전혀 없잖아

그 지도에서 봤다는 거야
다른 삶이 가능할 수도 있다는
다른 세상도 가능할 수 있다는
그런 걸 거기에서 봤다는 거야
거기 우리
사무실 동네
노독일처에서

그리고,

그 집에서
중국 남자가 손으로 뽑아준
쫄깃한 국수에 짜장 듬뿍 비벼서
점심을 아주 맛있게 먹었다니까

겨우 짜장면 하나 시켜 먹으면서
그 커다란 중화인민공화국 영토를 휘휘 둘러보며
참 별생각을 다 한 거지

다 먹고 나서
부부에게 실없이 물었지
그동안 돈 많이 벌었느냐고
그냥 아무 말도 않더군
이제 자주 오겠다고 했지
중국 사람 젊은 부부에게 한 말이 아니고
그 커다란 중화인민공화국 지도의
외진 어디
뭔 뭔 자치구
거기 조용한 소수민족
나만큼은 나이가 들었을 어느

나보다 순박한 주민들에게
한 말이었겠지

2003. 10.

남의 말하기

진주 문예회관
높은 천장에
수성페인트 칠하던
늙은 남자가
잠시 쉬는가
내려와
매표소 유리창 앞에
추레한 얼굴을
들이밀고
모자
벗어 들고
부실한 대머리를
정성 들여
쓰다듬고
있더라

2003. 8.

그대와 함께 춤을

―권력 10. 괴로운 춤

그대와 함께 춤을 출 수가 없네
내 마음 너무 높은 지상 위에 맴돌고 있으니

그대와 함께 춤을 출 수가 없네
거기 내가 디뎌야 할 땅이 너무…

내 마음 항상 저 허공 중에 떠있는데
내 몸은 여전히 그 땅에서 남들처럼
춤추는 시늉을 멈추지 못하고…

2003. 11.

이윤희 치과
—권력 11. 헛소리

밖엔

갈바람 불고

이윤희 치과

잇몸에 마취 주사 쎄게 맞고

진료대에 뻗어 누워

비몽사몽

비틀즈의 달콤한 멜로디에 빠져들며

"여기

남한의 한

무명 예술가가 누워있다아…

그는 아무런 권력이 없다아

그래

참

호젓하다아…"

2003. 10.

깜짝 놀래기
—권력 12. 때론 장난 같은…

해는 이미 졌는데
아파트 안길로는 차들이 더러 지나가고
무르익은 더위 푹푹 찌는 초저녁
한 아이가 인도로 걸어오고 있었어
갑자기
저놈을 깜짝 놀래줄까 하는 생각이 들었지
그런 생각이 들었어, 이유도 없이

아니,
머릴 쓰다듬어 줄까… 도 생각했어
앞머리가 땀에 젖어 이마를 가리고 있더군

차츰 어두워지기 시작하는데
그 애는 지나갔어, 그냥

근데
웬 나만큼은 나이 먹은 한 놈이
뚱뚱하게 반바지를 입고
느닷없이 손뼉을
딱! 딱!

치며 내 옆을 지나가고

인도엔 철 이르게
더러 나뭇잎들이 떨어져 있고

깜짝
놀랬다니까

2003.

매니저마저
―권력 13. 너마저

태성이하고
중고차 시장에
찝차를 보러 나가고 싶더군
마침 난
시간도 나고
그런데,
태성이가
오늘은 바빠서 안 된다는 거야
그래서
내가 말하고 싶었지
그렇게 눈치를 보게 만드는 게
바로

권력이라고

2003.

불행

—권력 14. 타고난 걸까, 만들어진 걸까, 그 일종의 병

나와여러분들의세상과의관계는그리좋지않습니다.

2003. 11.

영동 양문규

영동 시내 샛강 고수부지
태성이와 나는 포텐샤에 타고
그들은 인사를 하고
우린 떠났다
양문규가 아마 그랬을 것이다
태춘 형 차도 이제 낡았고마안

무대 위에서는 국악관현악단의
휘날레 레파토리가 연주되고 있고
샛강 건너에선
야시장
품바 엿장수 확성기 노랫소리,
가위 소리가 더욱 요란하고
뚝방에선
애들 불꽃놀이
되두 않는 불꽃들이
샛강
얕은 물결 위로
팍팍 튀고,
뒤가 그저 훤하다

세차 좀 해야겠다

2003. 10.

낙엽 뒤집어 버리기
—권력 15. 늘 권력에 대해 생각한다

바람 부니
노랑색, 빨강색, 주홍색
그리 예쁜 느티나무 단풍들이
눈 오듯이 길 위에 쏟아져 내렸는데
또 한차례
바람이 불고 나니
그리 예쁜
색깔 있는 쪽은 하나도 안 보이게
누우렇게
모두
뒤집혀져 있더라구

떨어진 잎새는
색깔 있는 쪽으로 오므라들면서
뒤집혀져 있지 않으면
또 멀리
바람에 날려가 버리기 때문이지
그저
그런 단순한 이유가 있더라고

2003. 11.

아닐 껴 1

—아메리카 독립전쟁

1775년, 북아메리카에서 작은 전투가 벌어졌지

영국군하고 그 지배하에 있던 백인 이주자 민병대 간의 전
투였어

그리고, 몇 년간 그들 간의 산발적인 전투는 계속됐고

그리고, 싱겁게도 영국은 미국의 독립을 인정하지

민병대라고는 해도 프랑스, 에스파니아, 네덜란드 등의
나라들로부터 지원을 받는 아메리카 백인 군대의 승리였지

그걸 미국 독립전쟁이라고들 해

아메리카에 진출한 백인들이 그들의 종주국 영국과 싸워
이겨서

그 땅에 그들의 나라를 처음 세웠다는 거야. 아메리카라는

아닐 껴

그게 아니구,

그때 싸움은 북아메리카 원주민덜인 인디언 연합허구

영국 이민자덜허구의 싸움이었을껴

프랑스 뭐 이런 나라덜이 영국하구 앙숙이었으니

인디언덜 뒤를 좀 봐주구

그래서 인디언 연합이 이겼구

그래서

영국인, 유럽 백인덜이 모두 유럽으로 돌아갔을껴
그 길구 끈질긴 싸움을
아메리카 독립전쟁이라구들 헐껴
거기가 잘못 알구 있는 걸껴어…

2003. 11.

아닐 껴 2
—선진 8개국 정상회의

2020년에 무슨 일이 일어날 줄 알어?
G8 정상회담에서 첫 번째 의제루다가
〈지구 공존을 위한 배상 계획〉이라는 안이 상정된다는구먼
지난 5~6세기 동안
제1세계가 제3세계에 끼쳤던 모든 피해에 대해서
장기적이루다가 배상을 허는 계획을 짠다는 겨
그래야, 지구상의 인류가
진정한 공존을 할 수 있기 때문이라는 거지

전부 돈으루 계산헌대나?
침략헌 거, 파괴헌 거, 노예루다가 잡어간 거,
별별 값진 거 다 뺏어 간 거
그 뒤루두 백인 자본주의에 강제 편입시킨 거
지역 분쟁을 조장허거나, 대리전쟁시킨 거
이런 거루다가 오랫동안
정신적으루 스트레스받은 거
그런 거 뭐 다 배상헌다는 겨
하물며,
그들의 환경을 파괴헌 거나
그들의 삶의 양식을 변경허도록 헌 거 뭐

그런 것덜꺼정,
약탈 문화재 반환이나 악성 부채 탕감 같은 문제덜은
최우선적이루다가 해결을 볼 것이구

제3세계서 한 십 년간
엄청 떠들었대네
그리구,
제1세계
양심 있넌 사람덜두
끈질기게 싸우구

그때쯤이먼 유엔두 지금 유엔이 아니래는 겨
인저 총회서 다수결루 통과된 거 아니먼
미국이구 지랄이구 지덜 맘대루 암것두 못 헌대는 겨
안전보장이사회는 그냥 심의기구일 뿐이구 차암,

그래야 지구에 사는 사람덜
서루 다 사는 것두 비슷해지구
인간의 양심과 정의라는 것이 슨다나?
그 양심과 정의라는 개념이 이런 식이루다가

보편적 가치를 가져야 된다는 겨
그게
21세기 지구의 희망 아니냐는 겨

아이구,
왜덜 그랜대여?
아닐 껴…

2003. 11.

허무하단 말야

―권력 16. 모든 개인은 그저

언젠간
누군가 나를 기억할 것이다
그의 기억에 의하면,
나의 생은
너무도 단순하고
너무도
짧았을 것이다
그도 매우
바쁜 사람일 테니까
아마

그의 생도 마찬가지

2003. 11.

젖소들이 도살장 가는 길
—권력 17. 프랑카드를 허용한다

무릎이 다 까져서 피가 흐르고 있더군
2.5톤 트럭이 반대편 차선에 멈추면서
쿨렁쿨렁하길래 봤더니
운전하는 친구는
신호 대기 멈추면서 휴대폰 전화번호를 열심히 누르고 있고
두 마리가 실려있었는데
귀엔 번호표가 붙어있고
내가 사람이란 말인가 싶더군
오줌을 질질 싸면서 실려 갔어
그 뒤로
국산 승용차들이 주욱 달려가고
도로변엔
이런 프랑카드가 걸려 있었어
"살기 좋은 송파 땅에 공구 상가 웬 말이냐"
운율이 탁월한 한 편의 시였어
그 시심에 취해서
젖소 같은 건 금새
잊어뻐렸어

2003. 11.

겨울 잠바를 꺼내며

따뜻한 외투가 있다는 것에
안도하는 사람들은
얼마나 행복한가

하나뿐이 아니네,
내년에도 또 입을 수 있겠지?

그럴 수 있다면,
이 잠바가 왠지 후줄근해 보이지 않는
다음 겨울도 맞을 수 있다면…

더 이상은
새 외투를 사지 않아도 될 만큼
나이 먹은 사람이
이 잠바가 참 마음에 들었어라고 하며
한 해, 또 한 해를
지나간다

2003. 11.

악수
―권력 18. 지치다

내게 악수를 청하지 마
내겐 당신과 악수할 또 다른 손이 없어
라고
정말 칼 같은 말하고 싶을 때도
때론 있지

헤투루 흔들고 다니던 손
아무 데나 가리키고, 아무거나 만지작거리고
아무거나 움켜쥐었던 손

하지만,
이제 주머니에만 자꾸 들어가는
내 손을
정말 좋은 사람들에게만 내밀고 싶은 거야
미안하지만

2003. 11.

현대점
―권력 19. 수다쟁이들

에스컬레이터는 종일 흘러 내려가고
올라가고
사람들도 끊임없이
올라가고, 내려가고…

VTR 모니터에서는
배꼽 내놓은 서양 여자들
가슴 풀어 헤친 여자들이
또, 끊임없이 씰룩거리며 걸어가고

허리 품 안 맞는 스커트를 입은 안내 아가씨가
지하 주차장 대기 손님들에게
연신 커피를 날라다 주고
그녀 허리에 굵은 옷핀이 보이고…

여기 현대 천호점에서는
어떤 비싼 옷을 걸치고 거울 앞에 서도
저 모델들만큼 예쁠 수 없다

근데에,

삼성점은 좀 다르지이

여기하고 월수 한 백 이상은 차이 나 보인다구, 사람들 하고 다니는 거 보면

알잖아. 가봤지, 압구정점? 거긴 한 삼백? 사백 ? 주눅 든 사람이 안 보이잖아

아. 여기 천호점이 그래도 고 옆의 이마트에 비하면 휠 낫지이. 언제 시간 나면 한번 주욱 훑어봐아. 그게 다 보여. 웃긴다구우

?

그게 다냐구? 천만에. 갤러리아 명품관에 가봐아. 죽이지이.

?

떠들긴 내가 뭘 떠들어어

그렇다는 거지이…

근데,

돈 많은 사람들 국내에서 쇼핑하는 줄 알어?

?

73

알았어, 그만할께에…
씨이팔…

2003. 11.

나의 지역감정
—권력 20. 모두들 이런 이야기를 좋아하지 않는다

전라도 낙지집에
경상도 아줌마들이
2만 5천 원 하는
세발낙지를 먹으며
골프 얘기를 하고 있는데
전라도 아줌마,
마루 끝에 걸터앉아
그 얘기들을 듣고 있다
뉴서울 갔는데,
친구가 홀인원했다 카대
그런데, 크리스탈로 공을 만들어주고
동반자들 이름도 써준다 카드라
제주도에서는 골드로 해준다 안 하나

뭔 소리여?

2003. 11.

출세
―권력 21. 이런 이야기도…

출세할라 하지 말고
좋은 나라 만들라 해라
출세 안 한 놈들도 잘 사는 나라
만들라 해라
그런 나라가 어디 있냐꼬?

니가 없다면 없는 기라

하지만, 출세 못한 놈들 가슴엔
그런 기 있다

2003. 11.

긴 나무 의자

─권력 22. 허나, 잘 구사된 권력

큰길가
보도
어른들이 만들어놓은
긴 나무 의자에
아이들이 앉아있다
폼 나게

아이들도 권위 있고
어른들도 가상하다

그 의자 때로 비어있어도
빈 것 같지 않다

2003. 11.

교육
─권력 23. 순종

아무런 저항도 없이
세상 모든 걸
있는 그대로 받아들인다는 것은
얼마나 놀라운 일인가

그런데,
우린 그렇게 배웠다
그게 긍정적인 인간이란다

2003. 11.

시골 이삿짐 차
—권력 24. 떠돌이들 또는, 열외자들

변두리 지방 도로 언덕배기 휴게소
조그만 이삿짐 차가 쉬고 있는데
싸구려 찬장에 붙은
칼라사진 한 장
아빠와 딸이 뽀뽀하는

그 사진 모쪼록 떨어지지 않기를,
이 이삿짐 차가 세상 끝까지 달려도
그 사진 떨어지지 않기를

고무줄로 느슨하게 동여맨
누구네 허름한 살림살이
그걸 어디론가 싣고 가는
시골
이삿짐
차
꼬오물 차

2003. 11.

강북 무슨 동

─권력 25. 권력자들은 지들 집부터 잘 짓고, 지 동네 길부터
잘 놓는다. 염치도 없고, 너무 노골적이다.

승용차 한 대만 지나가도

애들은

금방 무너질 듯한

시멘트 담벼락에

찰싹

달라붙어야

한다

빵 빠앙…

2003. 11.

유행
—권력 26. 계급

어떤 사람들은 늘
유행의 앞자락을 잡고 총알같이 달려가고
또, 어떤 사람들은 늘
유행의 끝자락을 잡고 숨이 턱에 차게 쫓아다닌다
팔자다
죽을 때까지

계급은 그렇게 나뉘는 법이다

2003. 11.

속, 현대점

―권력 27. 수대쟁이들 2.

거 있잖아

현대점 얘기하다 말은 거… 같은 거

있잖아…

?

한마디만 더 할께에

??

근데에,

백화점 봉지는 천호, 삼성, 압구정 어디서나 똑같은 거 쓰
구 아무 데서나 차별 없이 회수하더라구, 거 되게 감동적이
지 않아? 끝.

2003. 11.

딸의 메일
—권력 28. 그 밖에서의 일들 중…

보낸 사람: "딸"〈. . . .@hanmail.net〉
날짜: 2003.11.15., (토), 7:50:55 PM Asia/Seoul
받는 사람: "정태춘"〈. . . .@kornet.net〉
제목: 인터넷 하다가 감동이여…
Attachments: 2개의 첨부가 있습니다.
p margin—top:0px;margin—bottom:0px;

며칠 전 서울 지하철 2호선 안에서 있었던 일이다.

홍대 방향으로 가는 지하철을 타고 앉아있는데, 할머니 한 분이 타셨다.

그 할머니는 심하게 화상을 입었는지 얼굴과 몸이 흉터로 가득했다.

한 손에는 지팡이를 짚고, 다른 한 손에는 도움을 청하는 바구니를 들고 사람들 앞을 지나가고 있었다.

대부분 사람들은 화상 때문인지 할머니를 바라보는 표정들이 좋지 않았다.

그 할머니가 내 앞에 앉아있던 할머니 앞을 지날 때였다.

할머니는 화상 입은 그 할머니를 세우셨다.

나는 바구니에 돈을 넣어주려는 것으로 생각했다.

그런데 할머니는 신고 있던 신발을 벗더니 화상을 입은 할머니의 싸구려 고무신과 바꾸는 게 아닌가 순간 놀랐다.

약간의 돈으로 돕는 것은 그나마 쉬운 일이라고 생각한다.

그러나 신고 있던 신발을 바꿔주는 것은 쉽게 생각할 수 있는 일이 아니다.

정말 감동적이었다.

어려운 이웃을 돕는 이런 할머니를 보며, 아직 세상은 살기 좋은 곳이라는 생각이 들었다.

─ ─ ─ ─ ─ ─ ─ ─ ─

이거 보니깐 할머니가 넘 착하구면… 퍼온 겨… 퍼왔다는 말은 다른 인터넷에서 보구 가져왔단 겨…

(첨부 사진 생략)

한심한 놈
─권력 29. 나 드며, 권력의 화두를 초월하다

초겨울 추위에 호들갑스럽게
두꺼운 오리털 파카 꺼내서는
주머니마다 뒤지기 시작한다
뭔가 지난겨울에 깜빡하고
꺼내지 않은 거 뭐
대단한 거라도 기대하며

담배꽁초 하나
나왔다

쓰레기통에 집어던지며

^&@ *&$
# . .

2003. 11.

이윤희 치과 2

정 선생님,

결정을 하시죠. 임플란트를 할 건지 틀니를 할 건지. 이
미 결정된 거 아닌가요? 그래도… 담배 때문에 안 되시는 거
죠? 예. 틀니를 해도 잘 적응하시기들 해요. 담배를 끊으셔
도 다시 피우게 되겠죠? 예. 그런데 입천장에 딱 달라붙는가
요? 예, 철판이 딱 달라붙어서… 그래도 가끔씩 조정을 해주
어야 하나요? 예, 헐거워지면 조정을 해주는데 정 선생님은
한 3개월에 한 번씩 오시면 될 것 같고, 그게 문제가 아니라
다른 이빨들이 오래 견뎌줘야 하는데… 어쨌든, 오늘 바이트
를 뜨고요 다음번엔 왼쪽 위 어금니 하나 중간 잘른 거 뽑아
버리고, 그 옆의 것 중간 자를 것 없이 아예 뽑고 임시 틀니
를 넣자구요. 그런데, 기왕 하는 김에 오른쪽 위 어금니 하
나도 간당간당하니 엑스레이 찍어봐서 아예 뽑자구요… 예…
다음번에 그렇게 해서 피가 안 나오면 바로 임시 틀니 걸고
피가 많이 나오면…

이빨 생각만으로 하자면
이 귀찮은 목숨 그냥 팍
놔버리고 싶은데
참…

2003. 11.

담배
―권력 30. 약자들은 늘 미안하다고 하며 산다

담배
아, 악마의 연기
이제 모든 건물들이 금연 구역이고
더러 흡연 장소를 마련해 줬다고는 하는데
그나마 개미 똥구멍 만하게 만들어놓고는
억울하면 끊어라,
간접흡연이 더 나쁘다더라. 제발 흡연실 문 좀 닫아라
고 야단치신다
왜 끊지 않느냐고
끊은 놈보다 더 독하다고 한다

미안합니데이
진실로
미안합니데이…

2003. 11.

천삼백오십 원
—권력 31. 자발성 관련

하, 오늘 드디어 해냈다
동네 쎄븐일레븐
서울우유 큰 거
천삼백오십 원인 거 나도 너무나 잘 안다 그런데
갈 적마다
천삼백오십 원입니다
입니다
입니다
그 소리 듣기 싫어서
그 말하기 전에 냅다
지폐하고 백 원짜리, 오십 원짜리 동전을 들이밀어도
천삼백오십 원입니다
점원들이 기계처럼 읊어댔다

그러길 수십 차례, 수개월
오늘 드디어
해냈다

계산대에 우유 올려놓으며
재빠르게 동전도 집어던졌다

점원이
꼼짝 못 하고
아무 말 없이 돈을 돈 통에 담는 것이었다 게임 끝.
내가 이겼다
이기는 때도 있다

2003. 11.

지 고향이 원래
—권력 32. 고향이란 참 특별하다

지 고향이 원래 평택이거던유

아무리 경기도라구 폼 잡어두

조선조 말꺼정은 평택 남부 지역 일대가

대개 충청도에 속해 있었대는규

본래 평택이래는 지금 도시두 읍섰구

진위[1] 안성에 아산 중간쯤인디

지금 도시넌

일본 눔덜 철도 노으문서 역 생기구 막 번창핸 거래유

그 전이는 별 볼일 읍었는가 본디,

이중환이 '택리지'를 보면 이래유

"바닷가는 생선과 소금의 이로움이 있어 사는 것이 낫기는
하나, 바람이 많아서 얼굴이 검어지기 쉽고 각기병, 수종, 장
학 등의 풍토병이 많으며, 샘물이 모자라고 땅도 개펄이며 혼
탁한 조수가 들어와 운치도 적다, 특히 서부 지역은 소금 굽
는 일에 종사하는 집이 수백 호가 되고 뱃길이 편리하지만 거
친 땅과 기름진 땅이 반반이고 목화 재배에 알맞지 않아서 사
람 살기에는 크게 유익하지 않은 땅"이라

그래니,

평택이서두 질루 서쪽이루다가 붙었는 즈희 팽성면은 워
땠겄유?

아무턴, 그래두 바다 근처라

바루 붙었는 충남 아산군 둔포루 들으가는

계양[2]이나 안중 쪽 바다루다가

중국허구 왕래는 많었는개 벼유.

그래서 그런지는 몰르겄지만 일제 때 일본 눔덜이

팽성면 한가운디다가 공군 비행장을 낳는디

그 부대가

대추리[3], 원정리, 본정리, 두정리 뭐 이런 동네에 다 걸

쳤지유

활주로가 지금하구는 달리

안정리서 함정리루다가 동서로 뻗쳐 있었는디

그 바람이 함정리는 그 눔덜헌티 본래 자리서 쬐껴나서

지금 자리루 물러앉었지유

홍학사[4] 묘지두 쫓어내서 본정리 꽃산 기슭이루 가구유

즈이 어렸을 적이 함정리 슨말산[5]일 가먼 큰 굴이 있었유

거기가 일본 눔덜 무슨 무기곤가 했던 모양인디

길기는 월매나 길었다구유

지가 태어난 디가 바루 함정리 옆 동네며,

대추리 앞 동네인

도두리[6]지유
그래두 그 동네 일대가 갯벌을 간척허구 간척허구 혀서
농지가 엄청 커졌었유
한 오십 년 새에 말여유

그 공군 비행장에서 일본 눔덜 물러나니께
담인 누가 왔겼유?
미국 눔덜이 둘왔지유
이번인 군용기 활주로를 남북으루 더 길게 놓는다구
대추리까지 집어생키구,
한 백육십만 평이루다가 늘어난 부대 공사를 해는디
돌멩이나 골재덜언 또 월매나 많이 들어갔겼유
그려서, 신대리 너머 봉아제산 쪽
크은 돌산 하나가 다 까뭉개졌지유
아리랑 고개 후문이루다가 본정리 걸쳐서
신대리 산까지 가는 길이 개덜이 노은 길인디
돌 실어 날르넌 제무시[7] 차덜 때매
본정리 신대리 일대 길 가생이
먼지 가라앉는 날이 웁섰유
우리덜언 국민핵교 댕기넌 그 길루

제무시 기름 냄새 맡는다구

먼지 날리넌 행길루 그 트럭덜을 한참씩얼 쫓어댕기구

참…

한심허지유?

또, 그 아리랑 고개서

평택 읍내루 중고등핵교 댕기넌 애덜 버스 탔지유

거기 미군부대 후문이 있어 가지구

부대 노무자덜, 하우스뽀이덜 들락거리구유

다 동네 사람덜이었지유

근디, 그 후문이 요새 9·11인가 뭔가 때버팀 폐쇄가 됐

대네유

을마 전이 가보니께 후문 쪽이 꽤 썰렁해더라구유

원래, 멩게[8]마냥 기지촌이나 그런 건 웁섰구,

돌두 다 파먹었으니께 본정리 쪽이루다가 또 제무시 댕길

일두 웁겄지유

부대 안이 공사야 인저 한국 업자덜이 다 해니께유

근디,

거기 요새 일 났시유

용산 기지해구, 동두천 미 2사단이 둘운다구 소문이 자
자핸디

정부나 이런 디선 아무 눔두 그런지 아닌지 말해 주는 눔
웁구

신문이서만 오르락내리락해니께

주민덜이 오죽 불안해겄시유

다덜 땅 뭇 준다구, 동네 뭇 내준다구 해지유

대추리는 워떻구유? 또 쫓겨나게 생겼잖여유

가만덜 있겄유?

팽성읍이 71개 리가 있는디, 그 이장덜이 다 나섰유

대책원가 뭔가덜 맨들구

이장덜만이 아녀유

그 71개 리의 새마을 지도자, 부녀회, 후계자덜이 다 나
섰대능규

보상두 필요 웁구, 한 발짝두 안 물러나겄대는 거지유

물론, 보상 많이 받을라구덜 그랜다구,

뻔해잖냐구 해는 사람덜두 있기넌 있지유

그럼 두구 보래지유

증말 그 사람덜이 돈이나 멧 푼 더 받을라구

그 분통헌 맴으루다가 찔긴 쌈덜 해는 건지

94

두구 보면 알 꺼니께유

어쨌던, 그리키 소문만 무성해더니 요 며칠 전이
토개공 사람덜 둘이 팽성읍이 내려와서 사무실 채리구
토지 지가 감정핸다구 해다가
주민덜헌티 큰 봉변당해갖구 쫓겨났대유
그래던 차이 인자 여러 집덜이 공문이 날러왔대유
당신네덜 논덜을 수용핸다구 협상해자구유

어저낀가 평택시민신문 보셨슈?
1차 수용 대상 지역이 지도루 나왔더먼유
아이구, 그 대추리 앞이 황새울이 들으간 게 확실해구유
대추리 남쪽이루 쪼간 떨어진 집 몇 채 있던디, 거기두 먹구
도두리서 대추리 넘어가는 직선이루다가
줄이 그으져 있더래니께유
그게 1차, 24만 평이래는규

황새울,
이 흔해디흔핸 동네 이름
아니, 동네 이름을 이리키는 잘 안 불르지유

동네 옆이 들 이름이거나 대개 그런디

그 황새울이

대추리 앞이루다가 미군부대 철조망 바루 아래 있어서

예전이 거기 세집매 두집매 불르던

동네랄 것두 웂는 동네가 있었유.

거기 사람덜언 미군부대 쓰레기통 뒤져서 먹구 산다구덜

했넌디

　어쨌던,

도두리서 바라뵈는 그 동네허구 그 바루 너머 미군부대허

구를 떠올리면서 오래전이 지가 맨든 노래가 있지유

　잠시 들어보실류?

바람아 너는 어딧니, 내 연을 날려 줘

저 들가에, 저 들가에 눈 내리기 전에

아이는 자전거 타고 산 쪽으로 가는데

바람아 내 연을 날려 줘

들판 건너 산을 넘어

(「들 가운데서」 2절)

2차 수용 대상 지역두 대개 확정된 모양인디,

한술 더 떠유

1차 24만 평이다가 대추리 서쪽 신흥 뒷동네 옆이루 해서

거기서 지금 활주로 끝자락이 있넌 대추리를 뺑 둘러싸

가지구

평택호꺼정 간단 말유. 고기가 76만 평이지유

그러면, 대추리넌 슴이 되는 규

내리쪽이루만 겨우 열린. 그야말루

미군부대루 둘러싼 슴이 되는 규우

고사시키재는 것이지유

이리키 악랄핼 수 있는 규?

이건

용산기지 이전해는 대가루 내놔야 되넌

대체부지 300 멫만 평 해구는 암 상관읍시

벌써 몇 년 전이 국회 비준 다 통과된 껀이지유

용산기지 이전이 확정되면

그 터는 또 별도루 내줘야 해는 규우

옛날이두 미군부대 안이 쪼깐헌 자연부락이 하나 있었대

넌디

부대 댕기는 사람덜 어티기 말해는지 아남유?

거기 부대 자체루다간

이미 오래전이 이런 계획덜이 확정되여갔구

그동안 준비가 착착 진행되어 왔대는 규

한미협상 우째구 해는 건 기냥 요식행위래는 규

그동안이 부대 상수도 물땡크두 한둘뿐이었넌디

확장 대비루다가 올 삼월인가 하나 더 큰 놈이루 세웠구유

상수관로 공사두 이미 다 끝났대는 규. 그뿐이간유?

서울 어디 미군덜이 멧 명,

경기도 어디 미군덜이 멧 명 둘우넌지

또, 부대럴 우선 황새울 쪽이루다가 늘리구

담인, 대추리 일대루 늘리구 그 담인,

성환 종축장이루 미군 둘우구 뭐

오래전버텀 다 확정되어 있었대는 규

주민덜 반대해는 거 대충 알기는 알겄지만

이리키 장기적이루다가 미군덜이 계획혀서 가구 있는 건

도저히 누구두 막을 수 웂대는 규

코웃음두 안 쳐유. 그냥 웃어유

　새 하사관 숙소가 계급별루 몇 평짜리 아파트루 지어지구

있넌지두 다덜 알구 있던디유

　그래구, 송탄 비행장이서 팽성 미군 기지루다가 지금 새

길 뚫구 있는 거

그 두 부대덜이 지금보다는 더 커진다는 얘긴디

그 사정 몰르구 땅 뭇 내주겠다구 막무가내루 뻐팅기는 사
람덜 참

어이웁서 보이겄지유

참고루다가 디리는 말씀인디유

그, 정부나 언론이서 오산 기지 오산 기지 해쌌는디

지가 알기루는 유사 이래루 오산 땅이 미군부대가 있었던
적은 한 번두 웁섰시유

그것이 평택시 서탄면이 있던 송탄 기지럴 말해는 거지유

미군덜이 서울서 내려오다가

오산 시가지 지나서 즈덜 군 기지 들으가는디

경계상으룬 오산시를 벗어났지만

송탄, 평택 시가지꺼정언 다 안 간단 말유

그래니께 그냥 '오산 베이스' 해뻐린 거지유

미군덜이 그리키 불르면 기냥 그리키 되능 거 아니유?

확실허게 혀두는디유, 오산이는 미군기지가 웁구

평택이만

송탄 기지 즉, 서탄면이 있던 290만 평짜리 K55해구

팽성읍이 있는 K6
이리키 두 개가 다 있단 말유
평택이 알구 보면 군사도시인 거지유

우쨌거나, 미군덜유?
그늠덜이야 아주 조용해지유. 증말 조용혀유
멩게 기지촌 상가서나 쪼깐 보이넌디
지덜이 여기 왜 있는 건지, 뭔 일덜을 해는 건지
지역 주민덜 알기럴 어티키 아는 건지,
인근 주민덜이 이러구저러구 떠드는 디도 관심이 있는 건
지 웁는 건지
물론, 한마디두 웁구
말헐 수 웁시 조용해지유
어떤 때넌 부대만 있구 군인덜은 아예 하나두 웁는 거 아닌
가 싶을 때두 있구먼유
그래두 대추리서는 사시사철 왼종일 미군 수송기, 헬리콥
타 뜨구 내리넌 소리루 귀럴 막구 살어야 될 지경이여유
츰 보넌 사람덜이야 구경꺼리지유
어마어마헌 미군 수송기 뜨구 내리는 거 그리키 가까운 디
서 볼 수 있는 디두 많잖을 거구, 어떤 날은 엄청 큰 놈 헬

리콥터덜이 군용 추럭, 찝차덜얼 하나씩 쇠줄루 매달구 줄줄이 어디룬가 날러가는 거, 안중 쪽 평택호루다가 가서 크으다란 물주머니루 죙일 물 담어 날르는 거 뭐, 별 구경꺼리가 다 있지유

　대추리서 보먼 거기두 참 바뻐유. 그렇겠지유, 군부댄디

　또, 가끔씩 활주로 둘레루다가 조깅하넌 미국 사람덜두 보이지유

　그건 다 주말쯤일 거구유

　그 주말인 비행기, 헬리콥타 소리두 잠잠혀유. 그래서 대추리 사람덜이 아, 주말인개비네 해지유

　농사꾼덜이야 무신 요일 개념이 있겄유

　그것 말구는 말헐 수 읍시 조용혀유

　참, 물땡크유?

　아리랑 고개 밑이 쪽이루다가 물땡크래는 동네가 있었유

　지하수 뽑어 올리넌 디지유. 그냥 뽐부장인디 왜 그리키 불렀는지 물러유

　그 뽐부장이 그 동네 사람덜 꺼 아니래는 건 짐작덜 해시겄지유?

　즈이가 평택 핵교 댕기넌 길 옆이었넌디

거긴 사시사철 주야루다가 모다 소리가 왱왱거렸슈

그 물얼 뽑어서 대추리 쪽이 있넌

공중이 높이 세워진 진짜 물땡크루 보내는 거지유. 거기서
부대 각처루다가 보내구유

그 진짜 물땡크가 도두리 너머 보리원이서두 보였는디

그 있잖유, 미국 서부영화서두 가끔 볼 수 있는 거유

기차역 옆이 세워진 물땡크유

그보단 어마어마허게 크단 말유

거기다 빨간색, 흰색이루 모자이크 무늬를 선명해게 칠
해갔구

아, 지 어렸을 적이 들판 멀리서 바라보넌

그 물땡크해구 산뜻핸 막사덜이

월매나 이국적이구 낭만적이었넌지 참…

그라구, 그 물땡크가 지하수 다 빨어딜여서

옆 동네 대롱골[9] 사람덜 먹을 물이 읍서가지구

미군부대서 철조망 옆이루다가 수도꼭지 하나 내줘서

물지게루다가 물덜 받어 가던 것두 기억나네유

그땐 참 고마운 일처럼 느꼈지유

미군덜이 참 고맙다구 느꼈던 거 같여유

아, 그 동네넌 미군부대 물건덜이 참 흔했시유
쎄무치[10] 마냥 기가 맥힌 음식덜이나 별별
미제 물건덜이 다 있었슈
근디, 인자 또 지하수 뽐뿌럴 어디 심을지 모르겠네유
미군덜은 여기저기서 몰려올 거구
부대 안이 새 물땡크두 근사허게 또 세웠넌디

미군덜이 더 오긴 올 모양여유
아이구, 겁나지유
싸우긴 싸워야는디, 그 뭔 고생이겄유
더러 이참이 고향 떠나구 싶은 사람덜이 읍지는 않겄지
만서두
다덜 내 땅 뺏기구 내 동네 뺏기지 않겄다구 해는디
토지수용법인가 뭔가 그런 법이 있대네유
이 법이루다가 보상가 협상혀서 안 되면
그냥 강제수용해뻐린대는 규
근디, 아무리 법이래두 지덜 맘대루
농민덜 농사 잘 짓구 있넌 땅얼,
읍시 살어두 가족덜 이웃덜 옹기종기 잘 살구 있는 동네럴
지덜 맘대루 막 줄 짝짝 긋구 철조망 치구

전경들 뻗쳐 놓구 막 집어생켜두 되는 규?
나라가 그래두 되는 거냔 말여유

미군덜은 또 뭔디 지 나라 안 돌아가구
여기서 왜 이리키 오래 뻐팅기구 있대유? 한생전 있을 건
게 벼유
참…

큰일 났유
인저 황새울 뺏겼구,
머잖어 대추리두 쫓겨나게 생겼구
담인 도두리두 멕힐지 물러유
거기가 지 고향이여유
지가 인저 돌아가서 살고 싶은 고향이란 말여유, 참

지도이는 암 디두 안 나와두
거기 팽성읍 안이루다가 백육십만 평짜리
엄청 큰 미군기지가 있구
고 옆이루다가 도두리가 있구
또, 지가 그 팽성대책위 고문이여유, 고문…

참 큰일 났유
1차 2차 수용 뒤루다가두
기지가 한 350만 평 더 늘어난대는디…

을마 전이 지가 KBS 사람덜하구 도두리 대추리 들으가서
이것저것 찍구설랑
지난 6일 날 생방송 스투디오 나가지 않었겄유?
여섯 시의 내 고향이라구
거기서 지가 이런 노래 불렀시유

새야 새야 노랑 새야
황새울에 앉지 마라
황새울에 네가 오면
대추리가 무너지고
대추리가 무너지면
태춘이가 울고 간다

지가 거기 고문이여유
미군기지확장반대팽성읍대책위원회 !
고문 말여유

고문

참,
큰일 났유

2003. 11.

1. 진위: 일제 초기까지 평택의 행정 중심지.
2. 계양: 팽성읍 노양리. 고려시대엔 하양창(충청도 서북부, 경기도 남서부의 세곡을 모아 개경으로 실어가던 조창)이 있었고, 조선시대에는 직산현의 세곡만을 모아 한양으로 실어 가는 경양포라 불리웠다.
3. 대추리: 혼지머리라고도 불렸는데, 삼국시대에서 통일신라시대에 있던 나루 이름이다. 이 나루는 중요한 해상 통로의 역할을 하였기 때문에 당나라로 가는 사신이나 당진, 서산 지방으로 가는 사람들이 이 나루를 통하였다.
4. 홍학사: 함정리 출신의 홍익한(정4품 사헌부 장령을 지냄)이 1636년 병자호란 때 삼전도에서 조선이 청나라에 항복하고 맺은 화친조약에 반발 척화를 주장하여 윤집, 오달제(이상 3학사), 김상헌과 청의 수도 심양으로 잡혀가서 끝까지 뜻을 굽히지 않고 성 밖에서 처형됨. 그 후 영의정에 추증되고, 그의 고향 함정리에 시신 없는 유품의 묘와 묘비 조성됨. 1942년 일제 군사시설이 들어서면서 본정리로 이전, 해방 후 포의각이 세워짐.
5. 슨말산(서원말산): 홍학사의 충절을 기리기 위하여 포의사라는 사우가 함정리에 세워졌고, 대원군의 서원철폐 때 훼절.
6. 도두리: 조선 후기까지 마을 동쪽 애기장수 바위께까지 큰 배가 드나들어 돛머리 또는 돈두정리라 불렸고, 삼국시대엔 그 바위 위 도장산에 돈두정이란 정자가 있어 당나라 가는 사신들이 쉬어가기도 했다 한다.
7. 제무시: GMC 군용트럭을 거기서는 그렇게들 불렀다.
8. 멩게: 안정리. 기지의 '메인 게이트'도 이렇게 불렸다.
9. 대롱골(두정리): 미군부대 남쪽 철조망에 바로 붙어있는 마을.
10. 쎄무치: 샌드위치를 원어 발음으로 들으면 이와 아주 흡사하다. 인근의 한국 사람들은 그렇게 불렀다.

불안한 점심
—권력 34. 피곤하면 오는 병 2

언니야, 여 카운타 쫌 바라. 내 주차장 차 쫌 빼고… 하면
서 내 찝차 열쇠 들고 나간 고추장 불고깃집 주인이 반찬이 나
와도 안 들어오고, 뚝배기가 나와도 안 들어오고, 10분이 지
나도 안 들어오고, 15분이 지나도 안 들어오고…

뚝배기 불고기 반쯤 먹다가 일어났다

카운타에 가니 주인이 들어오며 열쇠부터 내놓는다

고추장 불고기 1인분은 안 파는

나쁜 집

2003. 11.

사회변화방지법
—권력 35. 피해망상?

〈사회변화방지법〉이래는 게 생긴대네
그건 예를 들어,
국보법이나 노동관계법덜 같은 것덜이 자꾸 개정되면서
국가의 국민에 대헌 효율적인 통제가 어렵게 되거나
노동의 유연성,
기업의 생산성 향상을 저해허는 쪽이루다가
이리키 저리키 제도가 자꾸 배뀌는 것을
원천적이루다가 봉쇄헐 수 있는 법이래는 겨

게다가
〈기득권보호확대법〉이래는 것두 생긴대네

뻔해잖어
아주 노골적이래는 겨
걔덜이 무서운 게 어딨어?
눈치 볼 게 어딨어?
지덜 시상인디

그게 다가 아녀
〈메인스트림보호유지법〉〈햇볕정책조절법〉〈한미관계현

상유지법〉〈자본주의유일사상법〉〈우익사상선양법〉 뭐
　　이런 것덜두 아주 그냥 시임도 있게시리
　　검토되구 있대는 겨

　　그게 다
　　〈테러방지법〉〈개정집시법〉 뭐 이런 것덜하구
　　같이 논의된 거래는 겨
　　권력 핵심의 특수 조직이나 정부야당 그라구,
　　민변 출신의 기관장덜이 있는 주요 기관이서
　　아주 그냥 시인념을 가지구 연구허구 있대는 겨

　　국회의원덜두 그런 거
　　빨리 상정해라구 난리랜대는디
　　빨리 통과시켜서 시행해자구 난리래는 겨
　　한나라당만 그러는 게 아니래는 겨

　　그게 역사를 꺼꾸루 돌리는 게 아니래는디?
　　사회를 퍼억
　　안정시키는 거래는디?

그럼, 우덜은 좆 되는 겨어

2003. 12.

첫눈

첫눈은 저리키
많이 오는 게 아닌디
첫눈은 그냥
오는 둥 마는 둥 허는 건디

엊저녁이
먼 디서
딸 오구
밤새
함박눈이
펄
펄
내렸는개 비네

2003. 12.

2003' 인권 콘서트
—권력 36. 이탈을 꿈꾼다

대기실에서
전인권이는 이름 자체가 "인권"이니까 어쩌구
농담을 하는 사이
국보법 문제, 외국인 노동자 문제, 비정규직 노동자 문제,
성적 소수자 문제, 양심적 병역 거부자 문제,
보호관찰제 문제 등이
올해의 잇슈로 무대에 올려지고 있었다
모두
눈물겨운 싸움들이었다

이 약자, 소수자들이
이 사회의 정규 멤버로
어떻게든 편입해 들어가기 위한

그러나 나는,
내가 어떻게 이 사회로부터
이탈할 것인가를 생각하고 있었다

그리고,
뒤풀이에서

이제 내가
이제까지처럼 누군가를 지원하기 위한 출연 가수가 아니라
이 콘서트의 지원을 받아야 하는
당신들의 또 하나의
잇슈의 대상이 되게 될지도 모른다고 말했다

또,
다음 까페 식구들의 정모 자리에서는
한때 내가 계몽주의였던 것 같다
또 한때 내가 선동주의자였던 것이 확실하다
그러나 이제는
이탈자가
되었다라고 말했다

이건 결코
술 몇 잔 먹고 떠든
헛소리가 아니었다

아니다,
이건 좀 과장된

슬픔이었던 것
같다

2003. 12.

외로운 전사 소일 풍경
—권력 37. 소일도 이런 식으로, 제기랄

올림픽공원의 비둘기들
투실투실하게 솜털 키워
겨울 준비 다 끝냈는데

초겨울 찬바람에
나는
따뜻한 마스크도 없이
외로운 전사가 되어가고 있다
아무에게도 위협적이지 않은
꼬마 전사가 되어가고 있다

자전거 페달을 밟으며
내가 정말 한판 싸우려는 걸까?

자전거 체인이 더러 빠져나가
쪽팔리기도 하면서
나는
정말 이 세상과 한판
싸우려는 걸까?

왜 나만 전의를 상실하지 않는 거지?
세상과의 불화, 그로 인한 불안정

비둘기들
저 지혜롭게 예비하는 것들
단지,
방어하기 위해 예비하는 것들

왜 난,
날 방어하기 위한 아무것도 없이
함부로 제 운명을 담보하는
전사가 되려는 걸까?

또, 변변한 방어 장비도 하나 없이
공격만 하려는 걸까?
쪼꼬만 칼을 들고
이를테면, 연필깎이 칼 같은

또, 나의 진용도 없이
불뚝 성질만 부리는 걸까?

주위엔 단지 식구, 여자 두 사람
이를테면, 비정치적 혈연 조직

왜 자꾸
마지막 전사가 되려고 하는 걸까?
추레닝 바지 가랭이에
체인 구리스 씨꺼멓게 묻혀가면서
촌시럽게

왜 자꾸 그러는 걸까?

서울 송파의 한 못난 놈이 오늘도 여전히
국가, 자본, 권력 뭐 이런 거를 생각하며
미제 두발자전거를 타고
아무도 제지하지 않는 올림픽공원 공터를 휘휘
하릴없이
오후 내내 돌고 있다
살아생전의
김남주도 얼핏얼핏 생각하며

비둘기들이 더러
날아오르고
공원은 그저 공원일 뿐

모두들
이런 정서불안 중세 자체를
주목하지도 않는데
야무진 칼 한 자루도 없이
로맨틱한 비장감도 없이
실현성 있는 대안도 없이
그저 혼자 가슴 두근거리며
겨울바람 속으로
탱탱한
자전거 고무 바퀴를 굴려가면서
이상한 모자를 눌러 쓰고
쿳션도 없는 안장
때론
덜컹거리는 노면에
항문을 꽉꽉 쪼으면서

세상과
한판 싸움을 할 건지 말 건지
붙어볼 건지
아이구,
도망갈 건지

2003. 12.

테레비를 보며
—권력 38. 누가 자꾸 나를 헤매이게 한다

이제
세상 모든 것이 "너희들의 것"이 되고
내가 그 모든 것들과의 연대의 끈을 놓아버리면

저 코미디 프로그램도
내겐 하나도 재미없는 "너희들의 웃음거리"가 되고
저 패륜의 범죄나
치 떨리는 부조리에의 희생들조차도
"너희들의 것"이 되어버리고
그래도 더러
세상 선한 구석이 있어
누구랄 것 없이
겸허하게 칭송하는
어떤 별난 이들의 코끝 찡한 선행조차도
아주
"너희들의 것"이 되어버리면
그렇게 정리가 다
되고 나면

나는 또 무슨 병을 앓을 것인가?

어쩌면,
당신들은 아무런 잘못이 없는지도 모른다
나를 치료할 적당한 의사와
의료 방법이 없을 뿐인지도 모른다
어쩌면…

이런 생각들을 하며
"너희들"의
아홉 시 테레비 뉴스를
긴 소파에 드러누워
멍하니 쳐다보고 있다
… 안녕히들 계세요 …

"한화 그룹의 김승현 회장이
검찰의 출국금지 조처 하루 전에 미국으로…"
… 구경 잘했습니다. 당신네 세상 …

"다음 뉴습니다.
한나라당의 오세훈 의원이 자신의 모든 기득권을 포기하
겠다며

이번 총선 불출마를 선언하였습니다…"
…어허, 이것 봐라?

아직 내가
정리가 덜 됐는개 비다

2004. 1.

테레비를 보며 2

—권력 39. 이들은 정말 어쩌지 못한다. 않는다

앵커: 이 설에도 찾아오는 사람 한 사람 없는 깊은 산속 노부부, 생각만 해도 쓸쓸함이 밀려옵니다마는 대통령의 이름도 알 필요가 없고 또 설이라고 해서 달라질 게 없는 산골 오지의 팔순 노부부.

정윤호 기자가 찾아갔습니다.

기자: 청양산 자락의 해발 600m 절벽 위 오두막집 한 채가 눈 속 덮여 있습니다.

올해 86살의 김태암 할아버지와 다리가 아파 거동이 불편한 할머니. 그리고 개 세 마리가 이 집 식구의 전부입니다.

김 노인의 하루는 집에서 200m쯤 떨어진 우물에서 물을 길어 오는 것으로 시작됩니다.

…(중략)…

"대통령은 누군지 아세요?

"알지…

…노 현이, 노현이 아인가?"

…(중략)…

기자: 96년 9월 5일, 2시 24분에 멈춰버린 시간 앞에 세월의 흐름은 의미가 없습니다.

새삼 챙길 것도 버릴 것도 없는 노인들의 소박한 삶 앞에서 눈 덮인 겨울 산은 그저 무심하게 눈보라만 일으킵니다.

MBC뉴스 정윤호입니다.

할아버지,

노현이 아니구요, 무현이라구요,

이상한 대통령이 하나 있습니다.

나보다 행복한 할아버지이…

2004. 1.

어머니,

어머니,
제겐 조국이 없어요
조국이 뭔데요?

어머니,
제겐 깃발도 없어요
깃발이 뭔데요?

어머니,
제겐 노래도 없어요
노래가 뭔데요?

어머니,
제겐 단지
제가 존재하는 땅의 현실이 있고
과거가 있고
함께 살아가는 많은 사람들이 있고
참, 너무 많아서 문제지요

거기 현실에 얽매여 오십 평생을 살았어요
참 고분고분하게

겁도 많았거든요

미래요?
전 제 당대만 생각해요
제 당대에는 희망이 없어요
미래는 미래 사람들의 몫이죠

전 제 당대에 제가 바라는 세상이
이만큼쯤은 와줄 것으로 기대했었지요
그런데,

어머니,
제가 다시 태어난다면
물론, 이런 땅엔 태어나고 싶지 않아요
이런 시대가 끝나기 전엔 사람으로 태어나지 말았으면 해요
물신의 세상, 그 물신이 사라지면 또 몰라도
인간의 전 지구적 조직화
물신숭배의 강고한 조직화
그것이 끝나고
그 조직이 모두 해체된 뒤라면 또 몰라도

어머니,
이제 제겐 국가가 없어요
그게 뭔데요?
이런 말도 이제서야 할 수 있도록
저의 생각과 저의 입을
관리했던 것
아,
그것의
국민이라 불렸던 것이 역겨워요

어머니,
제겐 단지
함께 살아가고 있는 무수한 사람들에 대한 연민만이 있
어요
참 슬프군요
지금 모두
오직 한곳을 향해서들 끌려가고 있어요
약한 자들에게 내려치는 잔혹한 채찍질과
아니면, 그저 내팽개쳐 버리는 낙오자들을
힐끗힐끗 뒤돌아보며
모두 끌려가고 있어요

워싱턴포스트, 월스트릿저널,
요미우리, 산께이,
조선일보, 중앙일보, 동아일보가
저 앞장에 서서
사명감을 가지고
오로지 경제,
경쟁력
새해 벽두부터 또 신자유주의의 구호를 외치고 있어요

어머니,
여기가 제 조국이라는군요
어머니가 날 낳아주신 땅
저는 이미
그 행렬에서 이탈했어요

하지만
이런 현실을
초월한 것도 아니고, 해탈한 것도 아니에요
아주 독한 맘 먹고
거기서 스스로 떨어져 나왔어요
당신들과 이제 함께 가지 않는다고

분명하게 해둘 거예요
어떤 사람들은
저를 두고
더러 수근덕거리겠지요
그러거나,
이건 정상이야 임마
세상과 역사는 원래 그런 거야 임마
그러겠지요

어머니,
이제 홀가분해요
제 조국은, 그런 것이 있다면 조국은요
저 행렬 속에 있지 않아요
진두에서 펄럭이는 저들의 깃발과
한 목소리로 제창하는 저들의 노래 속에 있지 않아요
그건,
제 심장에 있어요
영혼 속에 있어요
(그건
어떤 아주 작은 마을 풍경이에요)
어떤 힘 가진 사람들을 위한 영토와 또 그 영토의 연합

그
생산, 소비의
목적 조직 속에 있지 않아요
그 엉터리 이념 속에도 있지 않아요

어머니,
제가 이제 비로소
인간다워 보이지 않으세요?
비로소
사람다워 보이지 않으세요?

그런데 어머니,
제가 오늘 제 생각을 확실히 밝힌 것
맞죠?
그런데 왜 은근히 두려운 거죠?
두려운 거죠?
어머니…

이제,
이탈자의 마음으로 살 거예요
한편 겁이 나지만

어쩔 수 없잖아요?
제가 그렇게 하기로 이미 결정한 건데요

그리고,
이제 다시는
계속 저들의 행렬에 발을 맞추기 위해서 종종걸음을 치
거나
저들과의 동질성을 확인시키기 위해서
거짓을 말하거나, 모호하게 말하거나, 둘러대거나
가짜에 박수를 치거나
하지 않을 거예요

세상은 이미 개똥이고
후세인보다는 부시가 악마이고
우린 부시한테 끌려가는 개들이고
깽깽 소리도 못 내가면서

어머니,
저는
어느 잔잔한 물가
야트막한 언덕 위에

조그만 집을 짓고
선량한 이웃들과 아주 순진하게 살고 싶은데요
작은,
아주 작은 사회에서
아주 낮은 생산성으로
겨우 연명할 만큼만 농사를 지으며,
게으르게 낚시하며
그렇게 살고 싶은데요

이건 위험한 사상이 아니예요,
어머니
위험한 건 저들이에요
사람들을 지옥으로 끌고 가고 있어요

어머니,
저 야만의 행렬은 해산돼야 해요
일사분란한 명령체계와 조직도 해산되고
모두 개인으로 돌아가야 해요
가족으로,
최소한의 자급 공동체 마을로 돌아가야 해요

저 먼저 떨어져 나옵니다
어머니
하지만, 이 조직이 절대로 놔주질 않으니
저의 이탈을 허가하지 않으니
저 행렬의 맨 끄트머리에 어쩔 수 없이 따라가며
자꾸 말할 거예요
투덜대고, 욕지거리하고,
소리치고, 궁시렁거릴 거예요
이건 틀렸다,
이건 모두 저 앞장선 사람들을 위한 거다
대열의 순서는 영원히 바뀌지 않는다
나는 함께 가지 못하겠다
세상이 영원히 이렇게 가지는 않을 것이다
못 간다, 나는 못 간다…

어머니,
자꾸 지치네요
걸음이 느려지네요
동정하는 사람들도 생기고

어머니,

잠시 쉴래요
쉬었다가
또 따라가야 하니까요
안 따라가면
여기서 끝이에요
괜찮아요
제 인생이
그리 오래 남지는 않았잖아요

어머니,
전 자유 찾은 이탈자가 아니고
끌려가는 이탈자예요
하지만,
제게
해방된 자의식이 있다면
문제 없을 거예요

그리고 어머니,
저도 역사를 볼 줄 알아요
저 무서운 행렬이 바로 역사란 것
그 행렬은 일개 개인들의 자유의지는 절대로

거들떠보지도 않는다는 것
그게 역사라는 거지요
그런데, 근래 그 행렬의 무리가
불안할 정도로 최대화되고 있고
그 속도도
유난히 빨라지고 있다는 것

오늘도
사람들이 낮에 종일 일하고
돈을 만들기 위해서 죽어라고 일하고
저녁에 집에들 돌아와 테레비를 보며
약간의 휴식과
보다 많은 생산과 세련된 소비에 관한
얼마간의 재교육을 받고
이내 잠자리에 든다는 것
똑같은 내일을 위해

어머니
저도 이제
자야겠어요
잠이라도 들면

좋은 꿈 꾸겠지요
꿈엔 늘 좋은 세상 만나요
어머니

오늘 밤도
좋은 꿈 꾸는 사람들이
저 말고도 적지 않게 있을지 몰라요
그 사람들도
저처럼
슬픈 이탈자들일까요?
끌려가는 이탈자들…

슬퍼요, 어머니
그래서 혼자 이런 편지도 써봅니다
하지만,

어쩌면,
내일은
제가 또 다른 사람으로
다시 태어날지도 몰라요
그래, 이놈의 세상

다시 한번 붙어보자고
두 주먹 불끈 쥐고 붙어보자고
다시 태어날지도 몰라요
희망이 뭐 별거냐고
역사나 권력이 뭐 별거냐고

겁 많고 풀 죽어 그랬지
저 세상 한가운데 다시 한번
뛰어들어 가보자고
저 자신도 화들짝 놀라게
새로운 마음으로
깨어날지도 몰라요
누가 알아요?
종말이 다가왔다라고
이제
인간은 다시
새로운 사회
새로운 삶을 꿈꾸게 될 것이다
라고,
긴긴 물신의 역사
그것도 이제 그 끝이 멀지 않다고

혼자 웅얼거리며…

어쨌든 오늘,
이만 줄이구요

그래도 어머니,
오래 사세요

2004. 1.

그들이 온다
―권력 42.

죠상케(定山溪) 그랜드 뷰 호텔
지하 욕탕 물은 펄펄 끓고
신관 1171호 창 너머로
흰 눈 덮인 서너 산봉우리들이
우두커니 날 바라보고 있다
객실
닫힌 창문 안으로도 일본 까마귀 소리
온천 마을 따뜻한 계곡 물소리가
하염없이 들리고
눈 속에 파묻힌 여기 산간 마을에
아침 눈이 또 내리고 있다
홋카이도(北海島)

내일모레
그들이 온다
북방 섬 홋카이도
비행기만 타고 다녀서는
위도를 잘 모르겠구나
이 얼마나 먼 섬이냐
동경에서도, 서울에서도

그들이 온다
아이누(アイヌ)의 땅에
수백 수천의 강과 시내가 겨우내
백양나무 숲 사이로 눈 녹이며 흘러
동해 일본해 또는, 북태평양으로 빠져나가는
아이누의 땅에 그들이 온다
리영희가 오고, 고이즈미(小泉)가 온다

삿포로(札幌)
시내, 길옆으로 밀어붙인 눈 더미들 저리 높은데
북방 오지
아이누마저 찾지 않았을 심심 산골
버려진 자들의 주검 위에 덮인 눈은 오죽 두터우랴
봉분도 없이, 묘비도 없이 묻혀 버린
지금은 뼈만 남은 츠가와라 쿠미(菅原組)의
죠센징(朝鮮人), 타코베야(タコ部屋) 노동자들

"어머니, 여긴 너무 멀어요
유바리(夕張)
제국의 탄광
수천 미터 갱도 끝에서 개스가 차고, 불꽃이 튀면

간단하게 갱도 입구를 폭파해 버리고
제국의 군속 새 인부들이 이내
그 옆에 새 갱도를 뚫는
여기 산간벽지의 노동이
너무 벅차요"

그들이 왔다
2004년 2월 1일
홋카이도

천황의 저수지
슈마리나이(朱鞠內)댐 공사 중
달아나는 자들은 산골짜기에서 총살을 당하고
병든 자, 다친 자들이 하나둘씩 쓰러지면
애기 무덤만 한 구덩이에 쪼그리고 앉힌 채 묻힌다
저항자, 또 그러다 린치당한 자들이 쓰러지고
매질 고문에 또 쓰러지고
거대한 제방
차곡차곡 올라가는
콘크리트 가다와꾸(型) 속으로 사라진다

"어머니, 우린
그렇게 죽었어요"

더러 산 자들이
그때를 더러 잊고
더러, 그때를 피눈물로 고발해도
반도는 아직 잠에서 깨어나지 못하고
일본
천황보다 지존한 자본이
통한의 역사, 분노의 역사를 다시 파묻고…

고이즈미가 왔다. 아사히 가와(旭川)
이라크 파병
제국의 동맹 니혼(日本) 자위대
미국의 연합군으로 조직되고
여기 홋카이도에서 출정한다
그들의 단기를 하사하기 위해
천황을 대신하여
고이즈미가 왔다
야스쿠니신사(靖國神社) 참배
전범들에게 조아린 머리

그 흰머리를 휘날리며
오늘, 그가 왔다

"그런데, 어머니
우리들의 평지 무덤
누군가 파헤치고 있어요
원한에 곰삭지 못한 육신
뼈마디 마디로 파내어, 거기
누군가 절을 하고
향을 피우고 있어요"

리영희가 왔다
아이누의 땅에
천황의 식민지에, 원혼들의 무덤에
슬픈 역사 파헤치는
여기 산 자들, 선의의 산 자들
홋카이도 포럼에 그가 왔다
한 손에 갈색 지팡이를 짚고
한반도 아니, 동북아 아니, 인류의
추악한 현대사와 함께 늙어온
그의 고분한 아내와 함께

칠순 노구 그러나,
아직은 형형한 눈매로
"더욱 깊이 삽을 찔르라우
더욱 깊이 땅을 파라우
더욱 깊이 역사를 파내라우, 진실을 파내라우
아름다운 이들이여"

죠도신쥬(淨土眞宗) 삿포로 베츠인(別院)
지하 납골당 1159호
101인의 합골함 속에
김익중金益中
스물두 살 반도 땅 고창의 젊은 사내
아직은 딱딱한 뼛조각들로 살아있다

"어머니,
저 익중이외다
그때 그렇게 죽어
여기 아직 저승으로 떠나지 못하고 있구만요
납골당 항아리 속이 너무 답답하구만요"

리영희도 운다

그의 아내와
"여러분,
민단, 조총련, 츄고쿠징(中國人), 아이누, 와징(和人)
아름다운 벗들
홋카이도 포럼 멤버 여러분
고맙수다…

저들의 신음과 통곡 소리
여태 들리누만
여태 들리누만…"

그들이 왔다
홋카이도, 2004년 2월 1일
두 개의 깃발로 왔다

여기
섬에도 산맥이 있어 너무나 먼 땅
외진 풀밭 속
버려진 원혼들이 모두
부르르 몸을 떤다
눈 더미 흔들리게 무두

부르르 몸들을 떤다

2004. 2. 1.

* 일제 강제 연행자, 강제 희생자를 생각하는 홋카이도 포럼 초청.
《희생자 추도 콘서트》(정토신종 삿포로 별원)에서.

달아, 높이곰…

―징용자 아리랑

달아, 높이곰 올라 이역의 산하 제국을 비추올 때
식민 징용의 청춘 굶주려 노동에 뼈 녹아 잠 못 들고
아리 아리랑, 고향의 부모 나 돌아오기만 기다려
달아, 높이곰 올라 오늘 죽어 나간 영혼들을 세라

달아, 높이곰 올라 삭풍에 떠는 내 밤을 비추올 때
무덤도 없이 버려진 넋들 제국의 하늘 떠도는데
아리 아리랑, 두고 온 새 각시 이 병든 몸 통곡도 못 들고
달아, 높이곰 올라 내 넋이라도 고향 마당에 뿌려라

아리 아리랑, 버려진 넋들 고향에 돌아가지 못하고
달아, 훤히나 비춰 슬픈 영혼들 이름이나 찾자
고향엘 들러야 저승길 간다
달아, 높이곰 올라라
달아, 높이곰 올라라

2004. 1.

해 설

근원을 사유하고 구축해 가는 심미적 기억들

유성호(문학평론가, 한양대학교 국문과 교수)

1.

오래전 간행했던 정태춘의 첫 시집을 이번에 복간하게 되었다. 2004년에 출간된 『노독일처』가 15년 만에 새롭게 단장하고 세상에 고개를 내밀게 된 것이다. '클 태泰' '봄 춘春', 이름 그대로 그는 시와 음악을 통해, 스스로 시와 음악이 되어, '큰 봄'의 따뜻하고 아름다운 언어를 세상에 건네며 살아왔다. 그를 일러 사람들은 '음유시인(troubadour)'이라고 불러왔는데, 아닌 게 아니라 그는 '음유吟遊'라는 말에 담긴 낭만적, 서정적 의미망을 충실하게 견지해 왔고, 또 전후 러시아의 음유시인들처럼 스스로 쓴 정치적 메시지의 노래들을 기타 반주에 맞추어 부른 음유시 전통과도 맞춤하게 부합한다. 그네들의 저항적 노랫말 때문에 많은 노래가 음반으로 발매되지 못하자 개인들이 직접 녹음하여 노래를 전파하기도 했다는 점에서, 정태춘의 음유시인으로의 비유적 명명은 더욱 어울린다는 생각이 든다.

정태춘은 서정적이고 저항적인 노래의 한 극점에서 피어난 꽃이다. 노래를 시작한 지 올해로 40주년을 맞는 그의 음악사적 의미는 그쪽 전문가들의 탐구를 통해 소상히 정리되겠지만, 우리로서는 그가 직접 노랫말을 쓰고 곡을 입혀 온 탁월한 '싱어송라이터'이고, 마음 깊은 곳에서 시를 길어 올린 '시인'이었다는 점에 주목하게 된다. 또한 정태춘은 20세기 후반 한국 사회의 갈등에 정면으로 맞선 실천가이기도 한데, 그 가운데 음반 사전심의 철폐 노력은 예술가로서의 면모와 가장 가까운 것이었다. 특별히 15년 전 그는, 첫 시집 『노독일처』를 통해 천하의 노래꾼에서 이 땅의 당당한 시인으로 사람들 뇌리에 새겨졌다. 그만큼 이 시집은 언어의 심연 속에서 기억과 실천이 상호 공명하며 그려내는 정태춘 특유의 미적 파동을 담고 있다. 그것은 마음 자체의 활달함을 극대화하려는 지향과 결합하여 아름답고 슬프고 또 멀리 나아가는 역동성을 품고 있다. 아닌 게 아니라 정태춘의 시에는 선연한 기억과 심미적 힘이 잠복해 있고, 이것만으로도 우리는 이 시집을 읽는 묘미를 한껏 느낄 수 있다. 그가 전해 주는 선연한 기억을 통해 삶의 불모성을 치유하고 새로운 소통 가능성을 꿈꾸게 되는 것이다. 또한 우리는 우리 몸 안팎에서 지워진 근원적인 가치들과 함께 서정시가 가질 법한 역설적

항체로서의 역할을 강렬하게 느껴볼 수 있을 것이다. 그 힘은 근원을 사유하고 구축해 가는 심미적 기억들에 있고, 실로 그 세계는 아득하고 깊은 마음으로 충일한 세계를 이루고 있다 할 것이다.

2.

두루 알려져 있듯이, 우리의 혹독한 근대사는 우리로 하여금 몸 안팎의 폐허를 경험하게끔 하였다. 성장제일주의와 물신숭배로 대표되는 이러한 흐름 때문에 우리는 빠르고 새로운 것만 찾아다니며 정작 중요한 기억들은 잃어버리는 우愚를 범해 왔다. 오랫동안 축적된 시간의 깊이를 헤아리지 못하고 속도만을 중시했던 것이다. 그 폐허는 다름 아닌 시간의 혹사 때문에 생겨난 것인데, 속도를 뒤로 미루고 깊이를 내세우는 상상력, 가령 레비스트로스의 '야만적 사유'처럼 선진사회의 야만성과 원시사회의 문명성을 역설적으로 드러내는 정태춘의 상상력은 우리 시대의 매우 중요한 저항의 원천이 된다. 이렇게 그는 자신만의 대안 공간에 시적 언어를 충실하게 드리우면서 독자적이고 빛나는 한 '시인'으로 다가오고 있다.

사람들이 두런거리는 그 강가로
나는 언제나 돌아를 갈꺼나

새벽 안개 너머
푸른 느티나무 곁으로
흐르는 강물로 새 잎새 피우는
그 봄 나무 아래로

강물을 건너며
뱃전에 탁탁 털어내는
검은 구두 바닥의 황토처럼 때 묻어가며
강물에 쓸리어 가는 세월처럼 궁시렁거리며
나 멀리 왔구나
너무 멀리 왔구나

이제 거꾸로 흘러가는 강물을 따라
자꾸만 과거 속으로 빨려 들어가는구나
넘친 해일에 함께
빨려 나가듯이

가끔씩 기침도 하고
토하기도 하며
아직 살아있는 전생의 강
강 안개 너머엔 아무것도 없고
사람도 없고
역사도 없고

거기로 언제나 한번 가볼꺼나

—「너무나 조용해서 행복한」 부분

시인은 오래된 나무 그늘을 만나 지친 걸음 쉬어갈 수 있다면 그것으로 충분한 행복일 거라고 노래한다. 또한 옛날 이야기에 취해 "너무나 조용해서 행복한/ 너의 노래"로 번져갈 수만 있다면 그 또한 우리 생에서 가장 충일한 순간이 아닐까 생각해 본다. 사람들 두런거리는 강가로 돌아가 "새벽 안개"와 "느티나무"와 "봄 나무"에 천천히 깃들이기를 소망해 보는 것이다. 자신은 비록 황토처럼 세월처럼 멀리 왔지만, 거꾸로 흐르는 강물을 따라가 "아직 살아있는 전생의 강" 너머 "사람도 없고/ 역사도 없고" 너무나 조용해서 행복을 가져다줄 그곳으로 가려고 한다. "이 겨울 삭풍 자거들랑 고향에 오게"(「내가 떠난 거냐, 네가 떠난 거냐」) 할 때의 그 "고향"처럼, 그곳은 시인에게 궁극적 자유와 평화를 가져다줄 귀속처가 되는 곳일 터이다. 물론 정태춘은 그러한 열망이 실현 불가능할 것임을 잘 알지만, 그 불가능성을 순간적으로 넘어서면서 '시인 정태춘'으로 거듭 태어나고 있다.

아, 시를 써야겠다
황지우처럼 시를 써야겠다
"저물면서 빛나"지 않고
그저 무너지는 바다
잿빛 바다
그의 전생과 엇비슷한 전생쯤에서 그가 아닌
내가 보았던
벼랑의 바다, 단애의 바다

수십 미터씩 꽝꽝 무너지는 개흙 더미 휘돌아
그걸 휩쓸고 흘러가는 갯물 바다의 풍경을
때론,
물살 점잖은 얕은 뚝 위로
말수 적은 사람들이 모여
투망질을 하는

먼바다 바라보다 다시
해 진 갯벌,
고원 같은 평지 갯벌을 달려
절 바라보고 있는
나무 창문 같은 것이 있는 집
마을로
달려오는 나를 바라본다

저 불연속으로 단절된 시점들을

…(중략)…

나의 바다는 저물면서도 빛나지 않는다

―「황지우처럼」 부분

이 작품은 정태춘의 '시인'으로서의 자의식과 실존적 초상
을 확연하게 보여 준다. 그는 저물면서 빛나지 않고 그저 "무
너지는 바다/ 잿빛 바다" "벼랑의 바다, 단애의 바다"를 노래
하겠다고 한다. 야생 그대로 험하게 깎이고 무너진 바다는,

정태춘의 노래 「떠나가는 배」에서처럼, 정처 없이 흘러가는 존재자들의 태반이다. "먼바다 바라보다 다시/ 해 진 갯벌"과 "마을로/ 달려오는 나"를 대조적으로 배치하면서, 시인은 "저 불연속으로 단절된 시점들"을 맞추면서 시를 써가겠노라고 다짐한다. 그것이 "나의 시"이고 그때 "나의 바다는 저물면서도 빛나지 않는" 원초적 가파름을 내장하고 있을 것이다. 그러니 정태춘은 황지우처럼 시를 쓸 수 없을 것이다.

이처럼 정태춘은 너무나도 조용해서 행복하고, 가장 먼 곳에서 무너지기도 하는, 자신의 궁극적 본향을 떠올리고 있다. 그의 시 쓰기는 아마도 그곳으로 가려는 불가능한 노력의 한 표현일 것이다. 이러한 방법은 현묘한 진리 세계에 대한 가없는 신뢰와 그것을 향한 좌절의 끝없는 반복이라는 역설적 사유에 의존하는 것이다. 그렇게 정태춘의 시는 실존의 명제요 궁극적으로 가 닿아야 할 지점을 밝히는 어떤 빛줄기 역할을 하고 있는 것이다.

3.

이러한 본원의 세계에 대한 갈망은 그 역상逆像으로서 세계의 폭력성을 배치하게 되는데, 정태춘이 가장 공들여 노래한 '권력' 연작에 그러한 속성이 대체로 포함되어 있다. 그 안에서는 권력에 대한 서슴없는 비판이 정태춘 시의 예각성과 포괄성을 증언해 주고 있다. 그만큼 그의 시는 사람들의 고단한 삶을 핍진하게 담아내면서도, 편재하는 권력 때문에 그것이 불가피하게 반복될 수밖에 없음을 노래한다. 그것이 비극성의 범주로 곧잘 나타나는데, 이때 비극성은 세계 속에서의 이상적인 것의 몰락이자 실재하는 것 속에서의 이상적인 것의 패배로 규정된다. 동시에 그것은 실재하는 것과 이상적인 것 사이의 어긋남으로 나타나기도 한다. 그렇게 정태춘이 노래하는 비극성은 역사적으로 필요한 요구와 그 실현 불가능성 사이의 모순에서 생겨난다. 우리 근대사는 삶의 비극성을 이토록 오래 내보이면서 그에 저항하는 목소리도 함께 구현해 왔다. 정태춘의 시가 그 극점에서 "벼랑"과 "단애"의 목소리를 발하고 있는 것이다.

> ――― 아하, 조놈들 가져다 숫돌에다 그저 벅벅 갈아
> 날만 그저 잘 세우면, 시퍼렇게 그저 잘 세우면
> 광문 앞에다 걸어놓고 보기만 해도 좋겠다 ―――
>
> …(중략)…
>
> 그중 시커먼 무쇠 낫,
> 아직도 대장간 냄새 풀풀 나는
> 불내, 쇳내 그저 나는
> 풍구질, 모루질 소리 아직 들릴 듯한
> 펄펄한 무쇠 낫 하나 골라놓고
> 낫자루도 장꾼이 권하는 매끈한 놈 말고
> 그저 울퉁불퉁 야무진

참나무 박은 놈으로 하나 골라놓고
묵직한 도끼날,
세상 못된 거 퍽퍽 찍어낼 만한 놈으로 골라
잘생긴 놈으로 골라
부르는 대로 돈 쥐어주고 사 온
저것들
…(중략)…

저놈들을 한번 써먹어야 할 건데
들로 갈꺼나, 산으로 갈꺼나
아니, 도회지
썩은 도회지
저놈들을 그저 한번 보란 듯이
들고나 나가 볼 거인데…
　　　―「양양장 무쇠 낫―권력 1. 무슨 얘기 할랴고…」 부분

　연작의 서시 격인 이 시편은 양양의 한 장터에서 만난 "무
쇠 낫"을 등장시킴으로써, 권력에 대한 서슬 퍼런 비판이 이
연작에서 이어져 갈 것을 예감케 해준다. 시인은 난전에 벌
려진 철물점에서 대장간 쇠붙이들을 신나게 만난다. 그것들
을 숫돌에다 갈아 날을 잘 세우면 "보기만 해도 좋겠다"고 말
한다. 그 가운데서도 "시커먼 무쇠 낫"은 비록 아직도 대장
간 냄새가 풀풀 나지만, 그 안에 "불내, 쇳내"를 간직한 펄펄
하고 울퉁불퉁 야무진 속성을 품고 있다. 이제 시인은 그것
들을 한번 써먹어야 할 것임을 생각하면서 도회지를 향한다.

그렇게 '낫'으로 상징되는 예리하고 차가운 의식을 가진 채 우리 사회를 해부하고 관찰하고 진단해 간다. "과잉 생산과 과잉 소비, 과잉 광고의 홍수"속에서 "거대한 손이 조직하는 노동과/ 그 노동자들의 맹목적 소비와/ 그 과잉 생산을 위한 자원의 범죄적 낭비"가 결합된 도시, 그리고 "인간은 그 도구에 불과하고/ 이를 통해 얻어지는 잉여가치는/ 모두 한곳으로"(「거대한 손—권력 6. 더 큰 거」) 모인 거대한 구조를 향해 낫을 조준하고 "조선칼"(「나는 칼을 좋아해—권력 7. 별난 취미? 어쨌든」)의 맛을 보여 주려는 것이다. 그 맛으로 정태춘의 시는 이미 동시대의 시인들과 근본적으로 차원이 다른 시를 써간 것이다. "위대한 영혼의 인간은/ 타인의 삶에 가슴 뛰는 영감을 훨훨 불어넣어 주는 사람이란 걸/ 다시 한 번 깨달으며"(「은재호 씨,—권력 8. 절대 인간」) 말이다. 그리고 "살아생전의/ 김남주도 얼핏얼핏 생각하며"(「외로운 전사 소일 풍경—권력 37. 소일도 이런 식으로, 제기랄」) 말이다.

그런가 하면 정태춘의 시는 폐허의 시간을 품은 "고향"에서 비극성을 견디며 살아가는 이들에 대한 증언 형식을 취하기도 한다. 그의 시에 등장하는 "고향"은 역사적 구체성과 함께 존재론적 원형성까지 강하게 띨 수밖에 없었는데, 그러한 구체성과 원형성을 불러오는 원리가 바로 고향을 향한 애착이고 또 그 애착을 배반하는 어떤 폭력성이다. 시인은 폐허와 같은 시간을 견뎌내면서 고향의 존재 형식에 대한 관찰과 표현으로 나아가는데, 사라져가는 가치에 대한 쓸쓸함을 육체화하는 방법을 통해, 폭력에 의해 쓸쓸하게 지워져 가는 고향을 사랑의 힘으로 붙들어 매는 것이다.

참…

큰일 났유
인저 황새울 뺏겼구,
머잖어 대추리두 쫓겨나게 생겼구
담인 도두리두 멕힐지 물러유
거기가 지 고향이여유
지가 인저 돌아가서 살고 싶은 고향이란 말여유, 참

지도이는 암 디두 안 나와두
거기 팽성읍 안이루다가 백육십만 평짜리
엄청 큰 미군기지가 있구
고 옆이루다가 도두리가 있구
또, 지가 그 팽성대책위 고문이여유, 고문…
참 큰일 났유
1차 2차 수용 뒤루다가두
기지가 한 350만 평 더 늘어난대는디…

을마 전이 지가 KBS 사람덜하구 도두리 대추리 들으가서
이것저것 찍구설랑
지난 6일 날 생방송 스투디오 나가지 않았겠유?
여섯 시의 내 고향이라구
거기서 지가 이런 노래 불렀시유

새야 새야 노랑 새야
황새울에 앉지 마라
황새울에 네가 오면
대추리가 무너지고
대추리가 무너지면
태춘이가 울고 간다

지가 거기 고문이여유
미군기지확장반대팽성읍대책위원회 !
고문 말여유
고문

참,
큰일 났유
　—「지 고향이 원래−권력 32. 고향이란 참 특별하다」부분

　그의 고향 평택은 충청 방언과 매우 가까운 토착어가 살갑
게 만져지는 곳이다. 프랑스 시인 말라르메는 시인을 일러 '부
족방언의 예술사'라고 정의한 바 있는데, 이는 시인이란 모
어母語를 최대한 세련화하여 구성원들에게 깊은 인지적, 정
서적 감염을 선사하는 존재라는 뜻이다. 모어 가운데 '토착
어'는 중앙집권적 공식 언어가 아니라 지역에서 현재형으로
쓰이고 있는 언어를 의미한다. 또한 지역어라는 의미 외에도
살아있는 언어의 원형을 뜻하기도 한다. 한국 시의 전통에서
도 토박이말에 의한 문학적 정화精華가 여럿 남아 우리말을

풍요롭게 만들어 주었는데, 이는 표준어로는 불가능한 것을 살아있는 토착어로 표현한 것이다. 토착어를 통해 정태춘은 고향이 처한 난경難境을 고발하고 증언한다. 황새울과 대추리와 도두리에 이르는 "고향"은 시인도 언젠가 돌아가서 살고 싶은 곳이다. 그런데 그곳에서는 미군 기지가 덩치를 늘리고 있을 뿐이다. 여기서 시인이 들려주는 노래 한 소절은 저 전봉준의 노래를 환하게 떠올리게 하면서, 동학혁명 때 못지않게 지금−여기에서 벌어지는 참담한 무너짐에 대해 증언한다. 이러한 싸움의 과정에서 많은 희생과 비극이 파생되었지만, 그러한 권력의 일사불란한 작용에서 정태춘은 스스로 이탈자가 되고자 한다. 근원적인 자유로움을 차압당하고도 "눈치를 보게 만드는 게/ 바로// 권력"(「매니저마저─권력 13. 너마저」)이라는 점을 상기시키고는, 이 땅 깊숙이 만연한 "국보법 문제, 외국인 노동자 문제, 비정규직 노동자 문제,/ 성적 소수자 문제, 양심적 병역 거부자 문제,/ 보호관찰제 문제 등"(「'2003' 인권 콘서트─권력 36. 이탈을 꿈꾼다」)과 싸워가는 것이다.

결국 정태춘의 시는 당대의 권력과 날카로운 대척점을 형성하면서 저항 혹은 참여의 미적 실천을 추구해 간다. 이러한 흐름은 정태춘의 시에서 중요한 실천적 결절점을 이루게 된다. 사회 변혁에 대한 회의와 자연으로의 침잠 그리고 내면 심리로의 경사傾斜가 첨예한 주류로 등장할 때, 그는 저항과 실천이 서정시의 또 다른 본령임을 증명한 것이다. 감각적 현존에는 충실하면서 존재의 보편성 차원까지에는 이르지 못한 서정시들을 넘어서면서, 좋은 시는 역사적 개체성과 시대적 보편성을 함께 계시해 준다는 것을 선명하게 실증한 셈이다. 그 점에서, 지난 시대의 화폭이기는 하지만, '권력' 연작은 여전히 우리 시대를 밝히는 지남指南이 되고도 남을 것이다.

4.

정태춘은 날카로운 현실인식을 바탕으로 하여 세상을 억압하고 규율하는 가혹한 폭력성을 폭로하고 또 힘겹게 그것들과 싸워간다. 그 점에서 그는 유진오, 김남주의 계보를 이어가는 저항시인의 외관을 매우 선명하게 가졌다. 우리 사회 곳곳에서 쓸쓸한 존재 방식으로 생을 꾸려가는 뭇 존재자들을 뜨겁게 포옹하면서, 증언으로서의 속성과 기억의 문화사로서의 지향을 확연하게 보여 준 것이다. 시를 통해 삶은 끝나지 않는다는 믿음을 지키고, 안간힘으로 그것을 확장해 가려는 시인의 몸과 영혼이 흔치 않은 진정성으로 다가온다. 이처럼 정태춘의 시는 삶의 구체성과 그것들이 늘 관계적 그물망에 걸려 있다는 감각을 동시에 보여 준 것이다.

아무런 저항도 없이
세상 모든 걸
있는 그대로 받아들인다는 것은
얼마나 놀라운 일인가

그런데,
우린 그렇게 배웠다
그게 긍정적인 인간이란다

　　　　　　　　　　　—「교육-권력 23. 순종」 전문

어떤 사람들은 늘
유행의 앞자락을 잡고 총알같이 달려가고
또, 어떤 사람들은 늘
유행의 끝자락을 잡고 숨이 턱에 차게 쫓아대닌다
팔자다
죽을 때까지

계급은 그렇게 나뉘는 법이다

　　　　　　　　　　　—「유행-권력 26. 계급」 전문

　　오늘도 "권력"은 섬세하고 강력하게 작동하고 있다. "아무
런 저항도 없이/ 세상 모든 걸/ 있는 그대로 받아"들이는 순
종을 만들어내면서도 그것을 "긍정적인 인간"으로 미화하는
힘이 그 안에는 있고, "유행의 앞자락"과 "유행의 끝자락" 사
이에서 나뉘는 "계급"을 만들어내는 힘도 그 안에 상존한다.
그렇게 권력의 편재성은 시인에게 암담한 절망만 되풀이하여
안겨 줄 뿐이다. 여기서 정태춘의 시는 우리 삶 속에 편만遍
滿해 있는 국가권력에 우회적으로 저항하고, 그 환부를 드러
내고 치유의 상상력을 발휘함으로써 부당한 국가주의나 중
앙집권이 초래한 폭력성을 암시하게 된다. 그리고 소수자들

을 옹호하고 궁극적으로는 타자성을 통해 그런 상태의 극복을 지향해 가게 된다. 이때 정태춘은 권력의 그물망을 빠져나가 "노독일처"를 꿈꾸는 상상적 비약을 감행한다. 권력을 넘어, 국가를 넘어, 누구도 누구를 지배하지 못하는 곳을 향하는 '치명적 도약'을 상상해 보는 것이다.

거기 가서 살았으면 싶더라는 거야
아래쪽 월남에 붙어있는 장족자치구도 좋고,
북쪽의 내몽고자치구도 좋고
설마 그 자치구 오지 깊숙이까지
중앙정부의 통제력이 미치지는 못하겠지 싶어서 말야

이 야만의 문명, 숨 막히는 현대사회
모든 체제 조직으로부터 탈출해서
전혀 다르게 살아보고 싶은 거거든

거기서 내가
어느 나라 국기에도 경례하지 않고
어느 나라 국가를 따라 부르지도 않고
그래도 누구 하나 손가락질하지 않고

우린 여기서 너무 잘못 살고 있어
세상은 잘못 가고 있어
인간을 지배하는 인간의 힘이
이렇게 강력했던 적은 없어

물샐틈없는 사회 조직과
획일적인 이데올로기에 숨이 막힐 것만 같아

거기 어디쯤
국가란 것도 없고, 정부란 것도 없고, 자본이나 그 하수인,
인간의 대표란 것들도 없는
그런
사람 세상이 있을 수 있지 않겠어?
권력이 사람들을 국민이라 부르며
택도 없는 애국심과
개인들의 희생만을 요구하는
더 이상의 폭력도 없는
그런…

　　　　　　　　　　　　　—「노독일처—권력 9. 피안 착각」 부분

　시인은 "노독일처"라는 이름의 중국집에 들러 주인 내외가
주고 받는 중국말을 듣는다. 남자는 주방에 들어가 반죽 덩
어리를 들고 밀가루 뿌려가며 국수를 뽑는다. 그때 시인의 눈
에 들어온 것이 "그 집 벽에 붙어있는 커다란/ 중화인민공화
국 지도"였다. 성省마다 색깔을 다르게 해 만든 지도였다. 한
반도는 대륙 동북쪽 끝에 매달린 "작은 혹"에 불과했는데 그
나마 "남은 한국" "북은 조선"이 아닌가. 순간적으로 시인은
그곳에 가 살고 싶다는 생각이 치밀어 오른다. "아래쪽 월남
에 붙어있는 장족자치구"든 "북쪽의 내몽고자치구"든 중앙정
부의 통제력이 미치지 못하는 곳, 말하자면 "야만의 문명, 숨

막히는 현대사회/ 모든 체제 조직으로부터 탈출"할 수 있는 곳 말이다. 그곳에서 "전혀 다르게 살아보고 싶은" 것이었다. "어느 나라 국기에도 경례하지 않고/ 어느 나라 국가를 따라 부르지도 않고" 살 수 있는 아나키즘의 사유와 삶이 존재하는 곳에서 시인은 "인간을 지배하는 인간의 힘"을 넘어 살고 싶은 것이다. "국가란 것도 없고, 정부란 것도 없고, 자본이나 그 하수인,/ 인간의 대표란 것들도 없는" 곳, "권력이 사람들을 국민이라 부르며/ 택도 없는 애국심과/ 개인들의 희생만을 요구하는/ 더 이상의 폭력도 없는" 곳 말이다. 이때 "노독일처老獨一處"는 나이 들어 외로운 사람은 여기저기 다니지 말고 한곳에 살라는 뜻으로 읽히게 된다. 거기서 시인은 "다른 삶이 가능할 수도 있다는/ 다른 세상도 가능할 수 있다는/ 그런 걸" 꿈꾸는 것이다. 이 아름다운 작품은, 정태춘이 상상하는, 국가주의와 중앙집권을 넘어서는 전혀 다른 삶에 대한 갈구가 선명하게 드러난 빼어난 명편이다.

사실 우리의 근대사는 지식인들조차 강대국에 대한 막연한 동경과 그 거대한 힘에 압도되어 제국의 실체에 다가가지 못한 것이 현실이었다. 하지만 4·19 혁명을 기점으로 한반도에 군림하는 제국주의적 속성을 파악하려는 모습이 나타나게 되었고, 1980년 5월 이후에는 서구적 근대의 발전과 진보라는 화려한 외양 속에 침략과 지배라는 제국주의적 기획과 욕망이 숨겨져 있음을 현실로 경험하게 된다. 따라서 우리의 정치 현실은 우리 사회를 제3세계적 특수성과 신식민주의적 보편성의 관점으로 인식하게 하는 극적 계기가 되어주었다.

그 과정은 '비자본주의적 인간 해방'의 길을 역설적으로 제시해 주었는데, 탈식민의 가능성을 연 이러한 지향은 매우 중요한 문학사적 몫이 되었다고 할 수 있다. 이러한 음역音域은 정태춘 시학의 호환할 수 없는 기반이요 그가 한국 시에 던진 포효가 아닐 수 없을 것이다.

5.

많은 나라들을 식민지로 만들어 지배한 유럽 국가들은 '이성/감성' '문명/야만' '발전/퇴보' '객관/주관'이라는 엄격한 이분법을 통해 유럽 중심적 보편주의를 관철해 왔다. 이는 그들로 하여금 상하 관계의 아래 서열로 '동양'을 발견하여 "동양을 지배하고 재구성하며 억압하기 위한 서양의 스타일"(에드워드 사이드)로 나아가게끔 하였다. 제2차세계대전의 종식과 함께 정치적 합병을 시도하는 '공식적 제국'의 역사는 끝났지만, 정치적, 경제적, 사회적 측면의 지배를 욕망하는 '비공식적 제국'이 그 자리를 대체해 등장하게 된다. 이에 대한 의문과 거부를 통해 서구의 근대화 신화를 상대화하고 근대 사회의 물적 토대 특히 새로운 제국주의의 제3세계에 대한 새로운 방식의 지배와 이에 반발하는 실천적 저항 담론으로 시작되어 일어난 움직임이 바로 탈식민주의이다. 우리는 정태춘 시학의 기본적 지향이 여기에 있음을 다시 한 번 확인하게 된다.

어머니,
제겐 단지
제가 존재하는 땅의 현실이 있고
과거가 있고
함께 살아가는 많은 사람들이 있고
참, 너무 많아서 문제지요

…(중략)…

어머니,
제가 다시 태어난다면
물론, 이런 땅엔 태어나고 싶지 않아요
이런 시대가 끝나기 전엔 사람으로 태어나지 말았으면 해요
물신의 세상, 그 물신이 사라지면 또 몰라도
인간의 전 지구적 조직화
물신숭배의 강고한 조직화
그것이 끝나고
그 조직이 모두 해체된 뒤라면 또 몰라도

…(중략)…

어머니,
이제 홀가분해요
제 조국은, 그런 것이 있다면 조국은요
저 행렬 속에 있지 않아요
진두에서 펄럭이는 저들의 깃발과

한 목소리로 제창하는 저들의 노래 속에 있지 않아요
그건,
제 심장에 있어요
영혼 속에 있어요
(그건
어떤 아주 작은 마을 풍경이에요)
　　　　—「어머니─권력 41. 어떤 어머니의 아들」 부분

　"어머니"는 모든 이들의 존재론적 기원이요 궁극적으로 돌
아가야 할 "고향"과 등가를 이룬다. 시인은 "어머니" 앞에서
자신이 존재하는 "땅의 현실"과 "함께 살아가는 많은 사람들"
을 떠올린다. 이 땅의 현실이란 "물신의 세상"을 말한다. "인
간의 전 지구적 조직화/ 물신숭배의 강고한 조직화"를 통해
물신이 지배하는 세상은 끝없이 자기 확장을 해갈 뿐이다.
이때 시인은 자신의 조국은 저런 물신의 행렬에 있지 않고,
자본의 진두에서 펄럭이는 깃발 속에 있지 않고, "제 심장"
과 "영혼"에 있다는 선언을 한다. 그건 어쩌면, 앞에서 보았
던 "노독일처"를 가능케 하는 공간과 겹치기도 하는 것일 터
이다. 결국 시인은 "잔잔한 물가/ 야트막한 언덕 위에/ 조그
만 집을 짓고/ 선량한 이웃들과 아주 순진하게 살고" 싶은 것
이고, 나아가 "작은,/ 아주 작은 사회에서/ 아주 낮은 생산성
으로/ 겨우 연명할 만큼만 농사를 지으며,/ 게으르게 낚시하
며/ 그렇게 살고 싶은" 것이다. 다시 한 번 국가주의를 넘어,
자본이 설계하고 지령하고 확장해 가는 물신의 세상을 넘어,

근본주의적 세상을 열고자 하는 정태춘의 무한 상상이 빛을 발하는 순간이다. 그리고 그러한 '국가주의 너머'의 상상력은 일제강점기에 적국으로 날아가 산화한 젊은이를 조상弔喪하는 시에서도 그 구체성을 드러내게 된다.

> 죠도신쥬(淨土眞宗) 삿포로 베츠인(別院)
> 지하 납골당 1159호
> 101인의 합골함 속에
> 김익중金益中
> 스물두 살 반도 땅 고창의 젊은 사내
> 아직은 딱딱한 뼛조각들로 살아있다
>
> "어머니,
> 저 익중이외다
> 그때 그렇게 죽어
> 여기 아직 저승으로 떠나지 못하고 있구만요
> 납골당 항아리 속이 너무 답답하구만요"
>
> 리영희도 운다
> 그의 아내와
> "여러분,
> 민단, 조총련, 츄고쿠징(中國人), 아이누, 와징(和人)
> 아름다운 벗들
> 홋카이도 포럼 멤버 여러분
> 고맙수다…

저들의 신음과 통곡 소리
여태 들리누만
여태 들리누만…"

그들이 왔다
홋카이도, 2004년 2월 1일
두 개의 깃발로 왔다

여기
섬에도 산맥이 있어 너무나 먼 땅
외진 풀밭 속
버려진 원혼들이 모두
부르르 몸을 떤다
눈 더미 흔들리게 무두
부르르 몸들을 떤다

　　　　　　　　　　　　　—「그들이 온다−권력 42.」부분

　　시의 주인공인 "김익중"은 일제 강제 연행자였다. 강제 희
생자를 추모하는 홋카이도 포럼에 참여한 시인은 그곳에서
《희생자 추도 콘서트》를 했는데, 그때 얻은 사유의 흐름을 한
편의 시로 남겼다. 삿포로의 한 별원 지하 납골당에는 "스물
두 살 반도 땅 고창의 젊은 사내"가 아직도 딱딱한 뼛조각들
로 살아있다. 그때 그렇게 죽어 아직도 저승으로 떠나지 못하
고 납골당 항아리 속에서 답답해하는 한 청년을 따라, 우리는
이제 민단, 조총련, 츄고쿠징(中國人), 아이누, 와징(和人) 등

의 구분이 없는 "아름다운 벗들"을 호명해 보게 된다. "신음과 통곡 소리"가 아직도 들리고 "섬에도 산맥이 있어 너무나 먼 땅/ 외진 풀밭 속/ 버려진 원혼들"이 눈 더미 흔들리게 몸을 떨면서 다가오는 순간을 바라보는 것이다. 제국과 식민지의 폭력적 관계 속에서 희생해 간 이들의 원혼을 부르는 정태춘의 사유가 고단하고 아름답게 비치는 작품이다.

물론 아직도 인류는 핵과 전쟁, 기아와 빈곤 같은 20세기적 공적公敵과 힘겹게 싸우고 있다. 일련의 탈근대 담론들이 근대적 과제조차 해결하지 못한 채 그것을 넘어서려고 하는 무모한 기획으로 비쳐지고 있는 것도 바로 이 때문이다. 그만큼 우리는 아직도 완성되고 관철되어야 할 과제에 직면해 있다. 정태춘의 시는 이러한 과제의 한복판을 가로지르면서, 모든 생명체들의 수평적 관계에 대한 새로운 성찰을 요청한다. 상극과 배제보다는 상생과 포용의 세계관을 주문하면서 말이다.

6.

원래 서정시는 꿈과 현실의 접점에서 착상되고 그것들이 이루는 첨예하고도 날카로운 긴장 속에서 발화된다. 그래서 정서적으로 '꿈'에 접근하는 일과 이성적으로 '현실'에 다가서는 일은 서정시가 수행하는 불가피한 두 가지 과제가 아닐 수 없다. 정태춘은 깊은 눈길로 세계를 투시하고 거기에 자신의 기억을 던져 넣는 낭만적 모험을 마다하지 않고, 자신의 삶을 구성하고 있는 타자들에 대해 한없이 따스한 말을 건네면서, 자신을 향해서는 매우 중량감 있는 성찰의 언어를 마지막으로 부여해 간다. 이러한 근원적 사유와 감각이 그의 시편으로 하여금 우리 시대를 끌어가는 구심력으로 나아가게끔 하고, 더러는 우리로 하여금 현실을 벗어나 더더욱 꿈의 원심력을 가지게 하는 향원익청香遠益淸의 세계를 구성하게끔 하기도 한다. 그 세계가 다음 작품에서 "뻘밭"이라는 원형적 공간으로 나타나고 있다.

> 배가 쉬는구나
> 뻘밭 너머 파도야 아랑곳없이
> 여기는 배가
> 뻘 위에 기웃이 누워 그저
> 쉬고 있구나
>
> …(중략)…
>
> 바다가 쉬는구나
> 보라 꽃술 다북한 오동나무 몇 그루
> 산에서 내려다보고
> 선착장도 없는 포구 아래
> 조그만
> 물 고인 조그만 웅덩이 햇살 받으며
> 먼바다처럼 물결을 제법 찰랑대는데

지금은

여기 바다

그 간지럽게 까불대는 잔물결 소리 들으며

숨소리도 없이

잠시 쉬는구나

밀물 때를 기다리며

또는,

다시 황해 폭풍을 기다리며

여기 잠시

바다가 쉬는구나

—「뻘밭에서」 전문

　"뻘밭"은 거친 파도를 넘어 "배"가 잠시 쉬는 곳이다. 그렇게 뻘 위에 기웃이 누워 쉬고 있는 "배"는 스스로 "노독일처"를 실천하고 있는 중이다. 아낙들이 갯지렁이를 캐며 물이 차면 물고기들 헤엄치는 "팔팔한 바다"는 가뭇없이 뒤로 물러나고 "개흙 벌판"은 배와 더불어 쉬고 있다. 이 '쉼'의 미학은 정태춘 시의 또 하나의 근간으로서, 해송 숲에서 뻐꾸기가 울고, 작은 나문재들이 갯바람에 흔들리고, 참하게도 맑은 시내가 흐르는 태곳적 공감을 가져다준다. 그렇게 온 바다가 쉬어가는 "선착장도 없는 포구 아래"에서는, 조그만 웅덩이가 햇살을 받으며 찰랑대고, 잠시 쉬면서 "다시 황해 폭풍"을 기다리는 뻘밭이 펼쳐져 있다. 이때 "뻘밭"은 단연 "노독일처"의 공간이요, 탈脫권력의 세상을 이루는 터전이 된다. 말할 것도 없이, 그곳은 "따뜻한 외투가 있다는 것에/ 안도하는 사람들"(「겨울 잠바를 꺼내며」)처럼, 우리 삶을 지탱하는 근원적 존재자들이 살고 있는 곳일 터이다.

> 달아, 높이곰 올라 이역의 산하 제국을 비추올 때
> 식민 징용의 청춘 굶주려 노동에 뼈 녹아 잠 못 들고
> 아리 아리랑, 고향의 부모 나 돌아오기만 기다려
> 달아, 높이곰 올라 오늘 죽어 나간 영혼들을 세라
>
> 달아, 높이곰 올라 삭풍에 떠는 내 밤을 비추올 때
> 무덤도 없이 버려진 넋들 제국의 하늘 떠도는데
> 아리 아리랑, 두고 온 새 각시 이 병든 몸 통곡도 못 들고
> 달아, 높이곰 올라 내 넋이라도 고향 마당에 뿌려라
>
> 아리 아리랑, 버려진 넋들 고향에 돌아가지 못하고
> 달아, 훤히나 비춰 슬픈 영혼들 이름이나 찾자
> 고향엘 들러야 저승길 간다
> 달아, 높이곰 올라라
> 달아, 높이곰 올라라
>
> ―「달아, 높이곰…-징용자 아리랑」 전문

시집 맨 마지막에 실린 이 "징용자 아리랑"은, 가혹한 시대에 끌려가고 희생되었던 이들에게 던지는 정태춘 버전의 위안과 치유의 노래이다. 고대가요 「정읍사井邑詞」의 첫 행을 따서 시작되는 이 "아리랑"은, 이역異域의 제국을 비추는 "달"에게 "식민 징용의 청춘 굶주려 노동에 뼈 녹아 잠 못 들"던 시

절을 떠올리면서 그때 부모가 자식 돌아오기만 기다렸던 세월을 비추라고 말을 건넨다. "무덤도 없이 버려진 넋들 제국의 하늘 떠도는" 지금에 "넋이라도 고향 마당에 뿌려"달라고 희원해 본다. 슬픈 영혼들 이름이나 찾자고 말이다. 이 마지막 작품은 시집 전체를 관류하는 정태춘의 사유를 강렬하게 응집하면서, '제국-식민'의 기억을 넘어, 국가주의의 미망迷妄을 넘어, 자본이 지배하는 현대사회의 폭력을 넘어, "뻘밭"으로, "노독일처"로, "심장"의 조국으로, 너무나 조용해서 행복한 "고향"으로 우리를 데려다준다.

이처럼 정태춘은 무모한 제국주의의 소모적 폭력으로부터 가장 원초적인 자유와 평화를 탈환하는 일에 상상적으로 매진해 간다. 타자의 음영陰影을 통해 이러한 열정을 이루어 가는 그는, 삶의 원초성과 타자들에 대한 관심을 복원하는 일이 우리가 상실한 가치를 회복해 가는 길이며 인간의 숨결을 터가는 대안적 실천이 될 것이라고 역설해 간다. 그리고 이러한 탈환과 회복 과정을 공들여 완성해 내는 것이 둘도 없는 자신의 시적 과제임을 명료하게 알려 준다.

7.

이번에 복간되는 『노독일처』(천년의시작, 2019)는 정태춘의 목소리가 시의 깊이로 완결된 첫 결실로서 아직도 유효한 시대적 감동과 서정적 충격을 내장하고 있는 시집이다. 우리 사회는 그동안 매우 심도 있는 축적을 이루어 왔던 인문학과 기초 학문에 대한 홀대를 보이고 있고, 인간의 문화가 오랫동안 축적해 왔던 고전적 저작과 정신의 해체 작업을 빠른 속도로 진행하고 있다. 이러한 움직임은 21세기에 접어들면서 더욱 조급증을 드러내며 현란한 상품 미학의 외피를 입은 채 나타나고 있다. 이러한 상황에서 예언적이며 동시에 성찰적인 장르일 수밖에 없는 서정시가 가질 수 있는 타개책은 무엇일까? 이는 한마디로 예언자적 저항성과 자기 성찰의 장르 규정성을 더욱 심화하고 강화해 가는 것으로 모아진다고 할 수 있다.

새삼 강조하는 것이지만, 이제 서정시가 자본주의의 자기 전개 과정의 절정에서 펼쳐지는 신자유주의 노선과 양립하기는 어렵다. 이 양립 불가능성이 바로 서정시만의 독자적인 위의威儀로 난국을 돌파할 수밖에 없음을 알려 주는 더없이 확실한 지표일 것이다. 정태춘의 시는 모든 존재자를 사물화하고 획일화하며 나아가 상품 가치로의 부단한 환원을 꾀하는 이러한 자본주의의 기율에 저항하는 진보적 인식론과 방법론을 확연하게 보여 준 시사적 사례로 남을 것이다. 그리고 그 갈피마다 애잔하게 들리는 그의 서정적 목소리 또한 깊은 기억의 잔상으로 남게 될 것이다.

정태춘은 1990년대 초 사전심의 폐지 운동을 전개하여 1996년 헌법재판소의 '가요 사전심의 위헌 결정'을 이끌어낸 것만으로도 강렬한 실천적 전위로 남았다. 사전심의 폐지 운동을 주도하여 빛나는 개가를 거둔 그는, 예술적 의장意匠에서도 우리의 공동체적 멋이 들어간 노래와 서정적인 노랫말과 예리하게 각인된 시로 깊은 공감을 만들어왔다. 정태춘만의 근원을 사유하고 구축해 가는 심미적 기억이 그 안에서 농울쳤을 것이다. 요즘도 시간만 나면 한문과 서예, 공예, 색소폰, 클라리넷을 익히고 수준 높은 한시漢詩를 써가면서 그는 정말 새로운 예술가적 초상으로 나아가고 있는 듯이 보인다. 노래하며 살아온 세월 40년을 기념하는 뜻깊은 해를 맞아, 영원한 도반이자 동지인 아내와 함께, 그가 더욱 서정과 저항의 변증을 완성해 가기를 마음 깊이 소망해 본다. 그때 비로소 그는 잔잔한 '음유'를 넘어, '클 태'와 '봄 춘'이 가져오는 자유와 평화의 세월을 '시인 정태춘'의 선연한 이름으로 우리에게 가져다줄 것이다. 참으로 깊고 중중하고 가없이 아름답지 않은가.

천년의시인선